KB099044

굴뚝꽃

이 도서의 국립중앙도서관 출판예정도서목록(CIP)은 서지정보유통지원시스템 홈페이지(http://seoji.nl.go.kr)와 국가자료종합목록 구축시스템(http://kolis-net.nl.go.kr)에서 이용하실 수 있습니다.
(CIP제어번호 : CIP2020016216)

지혜사랑 217

굴뚝꽃

최병근 외

지혜

『굴뚝꽃』을 펴내면서

아우슈비츠 수용소와 731부대의 생체실험실과도 같은 「굴뚝꽃」(최병근), "다섯 줄 골똘한 단문/ 한 뼘씩 목마른 곡절로 행간을 넓혀가며/ 다섯 장 장문으로 커가는" 「그리움의 크기」(조영심), 사랑은 할 때마다 매번 첫 사랑이라는 기적, 세기에 한 번 있을까 말까한 일이 날마다 일어나는 기적, "아니야/ 아니야/ 아니야가 아니야"라는 기적, 색깔을 잃고 말을 잃은 자의 기적, 어리석고 눈 먼 첫사랑을 연출해낸 자의 기적, 「블랙 스완」(최혜옥)을 콘크리트 밀림 속의 회색코뿔소로 탄생시킨 기적, 날이면 날마다 일어나는 혁명은 혁명이 아니라는 시적 혁명의 기적—. 모든 새로운 앎(지식)은 기적이며, 모든 시인은 혁명가이다.

하루바삐 세계적인 대유행이자 대재앙인 코로나가 극복되고, 모든 인간들이 시를 쓰고 아름답고 행복한 이 세상을 찬양할 수 있는 그날이 오기를 기원할 뿐이다.

2020년 4월

차례

2부

3부

4부

• 일러두기
한 연이 첫 번째 행에서 시작될 때는 > 로 표시합니다.

1부

조영심, 김정원, 권혁재
오현정, 정동재, 박은주
김혁분, 김　늘, 이현채
김명이, 이　수, 이은희
남상진

그리움의 크기 외 2편

조 영 심

그리움에는 닿지도 못할 한 뼘 엽서를 본다

휠체어에 앉은 그녀가
간절한 전언인 양
최초의 선언인 양
붙잡고 있는

방금 보았지만 돌아서면 다시, 울컥
보고 싶어지는 온몸이 서늘해지는 그림

몸과 정신의 이별을 견딤으로 버티는 벼랑 끝에서도 한 줄 소식에 달게, 매달리는 날들

단단한 그리움 아쉬움 모두를 이 작은 종이그릇에 어떻게 다 담을 수 있을까

바다 건너온 바람이 옆에서 소리 높여 활자를 읽어주자
다섯 줄 골똘한 단문
한 뼘씩 목마른 곡절로 행간을 넓혀가며
다섯 장 장문으로 커가는 중인지

하늘이나 알고 땅이나 알고 있을

그녀만의 방언,
내 속까지 파고드는 둥그런 파동
자꾸 터져만 간다

청자상감매로학접문사이호
青磁象嵌梅蘆鶴蝶文四耳壺

이렇게 긴 이름을 붙여야만 나도 너를 빚을 수 있겠다 작은 어깨에 네 개의 고리를 단 청자 한 점

사철 네가 오는 길목에 청잣빛 바람은 불고 달빛 새겨진 갈대숲엔 말가웃의 외로움도 머물렀나니

꽃 등불이 밝힌 매화 담장, 학의 목이 되어 봄날이 다 가도록 내 안을 기웃거렸나니

먼발치 아롱거리다 훌쩍 가버린 사람아 바람 없이도 무슨, 무늬가 되어 천년을 넘기고도 여태 나를 흔드는 사람아

바람 속을 걸어 나오자 아뿔싸, 내 어깨를 잡은 흔적

누가 사라진 것들을 불러내고 나를 도려낸 그 자리에 네 마음을 각인시켜 울게 하는가

동냥 중

동냥질도 유행하는 패션이 있다 찢긴 벙거지, 때에 전 낡은 옷으론 어림없는 일

미다스의 손을 탄 것일까 머리에서 발 끝 숨소리까지도 금박이 된 한 사내가 지팡이 하나 짚고 허공에 용케 앉아 있다 토굴 속 수도자의 자세로

땅바닥에 엎어놓은 모자가 이 패션의 완성인가 땡그랑, 굴러 떨어지는 둥근 적선에 금가루 시선으로 답례하는 거렁뱅이 신사

팔짱을 끼고 사진을 찍든 말든 코앞까지 들어와 눈을 맞추든 말든 손 벌리지 않고 살아가려는 나만의 혹독한 수련의 방식으로 너의 주머니를 열게 할 치열한 생업 정신으로

있지만 없는 듯 없지만 있는 듯 판을 깔고 지금 당신은 동냥 중

우리는 동냥 중

조영심 | 전북 전주 출생 | 2007년『애지』로 등단 | 시집『담을 헐다』,『소리의 정원』| 현재 여수정보과학고등학교 근무 | 이메일 titirangs@daum.net

늦가을 숲 외 2편

김 정 원

이고 지고 쥔 것들을 내려놓으니
여태 보이지 않던 높은 하늘이 보인다

우리 함께 사는 눅눅한 세상 발부리까지
고실고실한 햇볕이 어루만지고
끊어졌던 소식이 새 소리처럼 들려오며
그 사람이 그리워진다

지난 무성한 계절에
왜 더 다정히 얘기하지 못했을까
왜 더 넉넉히 품어주지 못했을까
왜 더 뜨겁게 사랑하지 못했을까

몸부림쳐도 돌아갈 수 없고
참회해도 얻을 수 없는 날들

그 날들이 오히려 찬바람 부는 날들을
거뜬히 살아갈 힘이 되고 슬기가 되길
나무마다 빈손으로 팔을 벌려 기도한다

행복한 사람

먼 길이라도 꼭 가야할 곳이 있는
사람은 행복하다
멀리 있다고 마음까지 멀어지지 않는
사랑을 품고 살아갈 수 있는 까닭에

세월이 흘러도 잊을 수 없는 사랑을 간직한
사람은 행복하다
시간이 흐른다고 마음마저 퇴색하지 않는
사랑을 안고 살아갈 수 있는 까닭에

타향에서 외롭고 서러울 때 뜬금없이
비바람 헤치고 눈을 감고도 찾아갈 수 있는,
어머니의 자궁같이
나지막하고 아늑한 고향이 있어

옛 동무가 동구 밖에 마중 나온
사람은 행복하다
땅바닥에 주저앉아 주책없이 울어도 살가운
사랑을 짚고 일어설 수 있는 까닭에

포근한 야경

땅이 얼고 찬바람 부는 저녁
광주 북구 일곡동 한길에서
맨손으로 생선을 파는 할머니에게
분홍빛 장갑을 벗어주고
어둠 속으로 사라지는 아이

김정원 | 전남 담양 출생 | 2006년 『애지』로 등단 | 시집 『줄탁』, 『거룩한 바보』, 『환대』, 『국수는 내가 살게』 | 수주문학상 등 수상 | 한국작가회의 회원 | 한빛고 교사 | 이메일 moowi21@hanmail.net

바닷가 야생화 외 1편

권 혁 재

꽃을 피울 수가 없었다
안개의 눈물이 매달린
축축하고 차가운 아침을
그대가 따듯한 손길로
보듬어 주기 전에는,

오랫동안
그대는 바닷가에서 등대로 서 있었다
어떤 날은 하늘 속으로 새처럼 날아갔다
발목이 짧아 항상 발이 시린 그대

죽음을 알리는 울음이 퍼져 나가도
도착하지 못한 그대의 안부
땅 속으로 흐르던 억장의 전율에
그대의 눈물이 조금씩 밀려왔다
죽어서도 꽃잎을 물들이며
서로에게 닿을 수 있도록
발부리에 힘을 잔뜩 주었다

억울한 주검은 잘 썩지가 않는지
땅 속에 묻힌 사람 주먹을 닮은 구근들
구호를 외치듯 손을 쳐들었다

애틋한 울음이 어깨를 타고
손에서 손으로 전해졌다.

불규칙 활용

자음 ㄱ으로
미수를 건너온 서천댁 삼열씨

ㄱ의 순리와 말씀으로
불규칙을 새겨들은 서삼열 권사

어쩌다 다른 자음으로
활용하고 싶어도

골화된 요추받침을 지팡이 삼아
ㄱ으로만 걸은 삼열씨

죽음에 들어서야
모음 ㅣ로 반듯하게 편다

자음 ㄱ에서 모음 ㅣ를
최후 자세로 활용한 서삼열씨

ㄱ의 불규칙을 버리고
ㅣ의 규칙으로 관에 누운 서삼열 어머니

굽은 ㄱ이 ㅣ의 어미 활용을 한다.

권혁재 | 경기도 평택 출생 | 2004년 《서울신문》 신춘문예로 등단 | 시집 『투명 인간』, 『잠의 나이테』, 『아침이 오기 전에』, 『귀족노동자』, 『고흐의 사람들』 등 | 이메일 doctor-khj@hanmail.net

시인의 주소는 지금이다 외 1편

오 현 정

얽매이지 않으려 초원에 길을 낸다

낙타와 말이 먹을 물과 들풀을 찾아 달리다
하얀 가죽부대에 갇혀 저절로 발효된 언어를 마신다

편자를 갈아 끼울 곳에는 오아시스가 보이다
고공의 넋이 쉬고 있는 풀밭, 이내 사라진다

시인의 주소는 구름의 와디 넘어
바람이 데려간 사하라 사막의 신기루

암벽에 올라탄 매의 발톱은
모래의 귀를 읽다

돌올한 이름 아직 도착하지 않아

봉투 속 맨발
풀빛 파르티잔 귀하라고 쓴다

당신은 8만 6,400초의 선물

열네 살에 미혼모가 된 소녀의 하루는 캄캄한 동굴 속이었죠
어둡고 눅진한 시련 속에서도 나는 빛 바라기
스스로 빛과 어둠의 통로가 되어야만 했죠

세상을 어떻게 바라보느냐
혼자 질문하고 답을 찾아 나아갔죠
고난이 없었다면 나는 아직 풋내기
통증은 철들게 하는 선물이죠

아픈 이들에게 외치죠
지나간 건 되돌릴 수 없어요
오지도 않은 미래를 미리 걱정 말아요
오늘 하루를 충만하게 채우세요

하루는 시간이 아니라 인생을 바꿀 인식이죠

인기 토크쇼의 여왕
오프라 윈프리의 하루하루를 축복하지 않을 수 없는 이유죠

오현정 | 숙명여대 불문과 졸업 | 1989년 『현대문학』으로 등단 | 시집 『라데츠키의 팔짱을 끼고』, 『몽상가의 턱』, 『광교산 소나무』, 『고구려 男子』 등 다수 | 애지문학상, PEN문학상, 한국문협작가상, 숙명문학상 외 다수 수상, 한국시인협회 이사 외 | 이메일 every424@hanmail.net

씹 외 1편

정 동 재

초경 비치던 봄밤부터 처녀좌는
소싯적 엄마 품을 더듬는다
어학 사전 뒤적여
씹의 어원은 十의 비속어라며 밑줄 긋는다

니미 씹이다
천문 이야기 낙서가 음담패설이다
十의 체위를 논하면 풍차돌리기
홀 중앙 五가 동물적 감각으로 十을 요리한다
오입을 5入이라 단정 지을 수밖에 없다

토끼가 방아 찧는 달이 보인다

뭐니 뭐니 해도 사내는 좆심
달거리 끝나자 오입 중인 달빛이다
우주 조판 간지干支를 낳는 낙서의 현장 목격 중이다
고작, 치마폭 속
넣고 뺄 때마다 밀물과 썰물 요동친다

바다의 씹은 생명의 어머니
십오야十五夜 바다가 사리를 빚고 있다

孝에게

북두칠성 떠 있다
여전하다

공동묘지처럼 붉은 십자가
여전하다

여자 얼굴값 하는 거라 했고 그 사람은 도화살 때문이라고 했다
하나도 모르는 게 뭘 까불겠느냐고
층간소음에 깬 담배 연기가 투덜거리며 허공을 오른다

자 왈 오도 일이관지를 쓰고 十으로 읽고는
하나를 들으면 열을 깨치지 못하는 둔재라 변명 중이다

耳目口鼻 일곱 구멍을 세다가
自의 이목구비가 총명치 못하다고 애써 혼내는 중이다

칠성판 구멍, 구멍 福 없는 놈은 눈뜬장님
통행 금지당하는 우주를 엿본다
十에 十이 사람을 낳는다는 孝에게
사람 앞길을 막는 하늘의 심보에 대하여 다시 또 묻는다

정동재 | 서울 출생 | 2012년『애지』로 등단 | 시집『하늘을 만들다』| 이메일 qufdlthsus@hanmail.net

무명씨의 귀환 외 1편

박 은 주

예상치 못한 버그로 무명씨가 태어납니다
투서 한 장 보내지 않고 마감하는 하루

내 이름을 듣는 건 그림자 떼어내기보다 어렵습니다

죽었다 다시 살아나 흔들림만으로 당신 곁을 떠돕니다
신호가 오지 않아도 진동을 느끼는 당신의 눈꺼풀

당신이 찾지 않으면 나는 안전합니다.

덧칠되고 일그러지며 나는 나와 비슷한 사람이 되고
케이블을 돌고나면 다른 사람이 됩니다

삭제되지 못한 여기와 지금이 헤매는 공간
구경꾼으로 남는 이번 생의 임무를 잘 해내고 있습니다

쏟아지는 이름에 묻혀 무명입니다
살아있는 나를 모르니
다른 이름도 버릴 시간입니다

풍등風登

빈 몸이 되어야 떠오르는 사람들
어둠 속으로 사그라지는 심장이 보입니까

오늘도 스스로를 태우는 별이 뜨고
도시는 휘청거리는 뼈로 가득해서
떠나길 바라는 사람들뿐입니다
내가 떠났으면 좋겠습니까

갈림길처럼 연기가 솟고 무작정 달려가던 뼈들이 서늘하게 무너지는 밤입니다

흔들리면 바람이 될 수 있습니까
길을 찾지 못해 흩어지는 얼굴들
살아서는 돌아가지 못합니다

재가 되어버린 심장에도 기적이 남습니까

어둠을 헤엄쳐
머리도 꼬리도 없이
나는 어디로 가고 있습니까

박은주 | 2016년『애지』로 등단 | 시집『방아쇠를 당기는 아침』| 한남대학교 사회문화대학원 문예창작학과 졸업 | 이메일 ending_2001@naver.com

목욕탕에는 국어사전이 없다 외 1편

김 혁 분

– 물을 아껴 씁시다

목욕탕 안에서
한 여인이 씻고 있어

코끼리 같은 몸으로
어디서 물 좀 써 봤다는 듯 샤워기를 틀어놓고

몸에 물이 닿자 폭포가 생겼어
가슴에서 1단 배에서 2단 그 아래로 3단

3단 폭포가 몸을 약간 구부리자 2단으로 변신했어

나는 그 옆에서 빈약한 가슴을 가리며
젖탱이란 말을 국어사전에서 찾아보고 싶었어

코끼리처럼 쿵쿵거리며
두 발을 벌리고 서 있는 여인은 분명 정글 숲에 있었어

검은 수풀을 헤집으며
정글 숲을 지나가고 있었어

>

나는 정글 숲을 돌아서 가며
물은 물 쓰듯 써 버려야 한다고 오늘 한 수 또 배웠지

– 물을 아껴 씁시다

목욕탕에는 국어사전이 없었어

철화백자

1
깨졌다
어머니가 아끼던 자기
地. 水. 風. 火가 산산이 흩어졌다
어느 날 아버지는 흙으로 되돌아가셨다

2
가마에 불을 지핀다 지금도 달 항아리 같은 얼굴이 선하다 마음이 사그라지지 않아 팽팽한 대칭이다 밑그림 없이 혼신의 힘으로 물레를 돌린다 찰진 황토를 둥글게 말아 올린다 백옥 같은 얼굴이 마음에 활활 타오를 때까지 아직도 보고 싶은 얼굴이다 어떤 형상이든 물과 바람에도 흩어지지 말라고 말리고 구워 단아하게 빚어 놓았다 태우고 태워 그리움을 만들었다 그 앞에 서본다

3
철화백자 한 점을 들어 올린다
그려 넣은 궐어鱖漁*가 아버지처럼 헤엄치기 시작한다

* 쏘가리의 다른 이름.

김혁분 | 충남 보령 출생 | 2007년 『애지』로 등단 | 시집 『목욕탕에는 국어사전이 없다』 | 이메일 kimhb1212@hanmail.net

목련 외 1편

김 늘

작고 보드라운 새
발이 묶여 날지 못하는 어린 새
놀라움에 떠는 흰 새를
두 손으로 폭 감싼 적 있지

맑고 따뜻해서 서러운 감촉

어린 새가
빳빳하게 뒤집혀 있던
절벽 같은 아침도 기억하지
처연한 흰 새가 마지막 발버둥으로 흘린
끝이 누레진 깃털 몇 개도
잊지 못하지

도착

그대처럼 나는
해 지는 바닷가에 이르러
노역과 땀의 결박에서 놓여난 발가락으로
파도의 리듬을 맛봅니다
지난날처럼 속절없이 달아나며 간질이는
발가락 사이 재빠른 모래알들을 맛봅니다
희끗한 마지막 햇살에
그대 머리칼이 흩날리고
여미지 못한 옷자락이 앙상한 마음을 스쳐갔듯
부푼 환호성과 명랑한 물놀이를 가로질러
그대가 먼 실루엣으로 내내
휘어진 해안선을 걸어갔듯
나는 그대처럼
고요한 눈짓과 세월의 그늘로 오래도록
먼 수평선을 맛봅니다

김 늘 | 2017년 「애지」로 등단 | 이메일 eskim-1106@daum.net

시뮬라시옹 외 1편

이 현 채

로자, 이 고약한 늙은이한테 지도에도 없는
룩셈부르크를 샀어요. 바로크적이고도
종말론적인 이 도시에서 장 보드리야르는
제국주의자들처럼 파이프를 입에 물고
말장화를 신고 있지요. 로자,
시뮬라시옹, 시뮬라시옹… 하면서
룩셈부르크로 가요. 새가 되고 싶어 하는
물고기, 섬 아닌 섬으로 가기 위해
룩셈부르크로 가요. 당신과 나는 거짓말을 튀겨
별과자를 만들고, 알바트로스는 별과자를 먹느라
주위를 빙빙 돌지요. 뮬란 애완 카페를 지나
다크 사격장에서 당신은 탕! 탕! 탕!
나를 향해 총을 쏘지요. 나는 팬시인형처럼
바닥에 쓰러져요. 초상화를 그리는
이름 없는 화가가 우리의 모습을 크로키 해요.
시뮬라시옹, 시뮬라시옹… 로자, 룩셈부르크의
파란 잔디가 떠올라요. 나는 전단지처럼
오필리아가 되어 물 위에 떠가요. 여기는
룩셈부르크예요. 나의 침묵 안에 햄릿인
당신이 누워 있어요. 바다가 오로라 빛으로 흔들리면
당신은 "오! 로자" 하며 깨어나지요. 오, 시뮬라시옹,
시뮬라시옹…. 나의 로자, 나의 룩셈부르크.

한여름 밤의 룩셈부르크

1

로자, 고시원을 옮겨 다니며 생을 허비했어요. 스티커를 이곳저곳에 붙여 가며 아이들을 가르쳤지만, 늘 그 자리에 있어요. 퀵으로 내 영혼을 고향으로 보내보지만, 어느새 다시 돌아와 엘리베이터를 타고 있어요. 오징어처럼, 아버지의 눈썹처럼, 그리고 늙어가는 일상처럼.

2

로자, 한여름 밤의 룩셈부르크가 그리워요. 어제는 너무 더웠어요. 한밤의 숲에서 나무들과 동침을 했어요. 쥐들이 나의 밤을 갉아 먹어요. 나의 눈은 허공 백 미터 위로만 날아다녀요.

로자, 나는 외로운 두 마리 새를 키워요. 이미 한 마리는 죽어가고 있어요. 나의 가슴으로 날아와 죽어가는 새를 어떻게 하지요? 당신이 독백처럼 했던 말이 허공 위에 둥둥 떠 있어요. 숲에서 광란의 아리아가 울려 퍼져요.

3

로자, 자본주의는 열쇠의 천국이지요. 집집마다 비밀번호가 가득하고 얼굴에 가면을 쓴 사람들뿐이에요.

로자, 고시원을 옮겨 다니며 생을 허비했어요. 나의 오두막에는 밤의 비밀이 있어요. 복권을 사볼까, 운세를 볼까. 나무들이 말 웃음소리를 내며 밤새 꿈속으로 녹아내려요.

로자, 벌거벗은 한 영혼이 타임캡슐을 타고
한여름 밤의 룩셈부르크를 꿈꿔요.

이현채 | 2008년 계간 『창작21』로 등단 | 시집 『투란도트의 수수께끼』, 『시뮬라시옹』 | 이메일 iris6589@hanmail.net

나이롱환자의 재계약 외 1편

김 명 이

앞 범퍼가 낡아 충돌 부위 묘연한 트럭이 뒤에 있고
이니셜 새겨진 셔츠 입은 그가 뒷목 붙잡고 검은 차에서 내렸다
도토리 한 톨만큼 찌그러진 사고일 뿐인데…
당신은 나이롱환자를 선택하시겠습니다
이렇게 안내하는 건 불법인 줄 알지만
내겐 최선의 고객 서비스가 돼야 합니다
그렇다고 당신이 모니터링 만족도에 최고라고 대답할지는 미지수입니다
감히 당부하자면 물먹을 거란 말입니다

리어카에 묶인 손전등으로 밝혀지던 골목
합의금에 둘러앉아 끄적이는 밥상의 곰국 한 사발과
심야 알바 차디찬 손에 휴일을 줍는 것이라면
쪽빛 벗겨진 함석지붕 집
배달반찬 더듬는 노모 눈에 손자가 비칠 수 있다면
구름에서 빠져나오는 모과 같은 달이
푹 눌러쓴 모자의 측면 이마 흉터와 왼쪽 콧날을 조명하던
폐지 묶는 사내의 일당이라도 된다면 모를까

새벽녘 어느 일가 포개 타는 낡은 트럭에서 상강보다 먼저 뿜어지는 서리

비단 대신 내 살갗 감싼 나일론을 당기며
편리와 저렴과 질긴, 다용도를 악용하는
당신은 비열한 환자, 재계약을 거절합니다.

새는 마지막에도 바람을 남긴다

어두워진 길에 검은 깃털 숭숭한 붉은 날갯짓
지상에 내리면 포획과 죽음이 엄습하는 새들의 운명이다

나무에 빌린 허술한 임시 거처
험한 바위에 발톱을 붙이며
틈 엿보는 혓바닥과 눈총엔 필사적이다
끝없는 날갯짓만이 유리한 생존법

구름의 의도를 먼저 알아차렸을까
밤하늘에 사라진 별의 안부 확인했을까
천근 비바람 무게를 쏘아버린 신궁처럼

먹잇감 풍성한 물속 허상에
수직으로 내리꽂은 부리가
산산이 깨질 것을 염려하면서도
물고기 지느러미를 동종이라 여기며
어쩌면 미덥기도 했을 것이다

먹잇감 급소에 일격을 가해야 살아내는
저 작은 심장의 노래를 들어본 적 있다
파닥 파다닥
날개 쳐들며 실려낸 마지막 바람 한 결

갈채 보내는 발걸음의 회오리다

등 구부러져 가는 지상의 새
지붕 아래 들면 난간이다

김명이 | 2010년 『호서문학』으로 등단 | 2016년 대전문화재단 창작지원금 수혜, 2016년 한남문인 젊은작가상 수상, 2017년 세종 나눔문학 도서 선정 | 시집 『엄마가 아팠다』, 『모자의 그늘』 등 | 이메일 bagajistar@hanmail.net

지류 외 1편

이　수

우리는 나뭇잎 모양으로 뻗어 나간다 어디든지 닿는 물의 아가미를 펄떡이면서

어느 오지 마을의 개울에서 핏줄처럼 다시 만나기도 한다

호수에서는 네 머리가 보이지 않는단다 엎드려 있는 슬픔을 모르는 것처럼

모래톱과 조약돌, 수선화를 가까이에서 만나 좋았다 멀리서 목도한 것은 의심에 빠지므로

우리는 골짜기의 윤곽을 더듬고 있다 골목의 긴 어둠을 숨소리로 읽어 내면서

하수구

너는 버려진 검정 눈물. 너울너울 모든 빛깔 머금은 영혼들. 가파르게 떠밀려온 흰 빛 자리 더듬는다

화려할수록 뒷문으로 통하는 그림자는 하얗게 질렸다 비에 네온사인 흐느끼고 거리는 구토로 매몰되었다

정체 모를 검은 봉지들이 떠내려온다 고양이의 발톱이 부러져 있다 어둠의 찌꺼기들이 모여드는 곳

숨이 흘러나오는 침출수에서 어제의 그림자가 새어 나온다 여기는 바닥을 가늠할 수 없으므로 헤어 나오기 어렵다

누군가 너에게 검은 자궁을 닮았다고 했다 깊이를 알 수 없는 어떤 슬픔은 전염의 속도가 빠르다. 버려진 여자의 뒷모습 같은

어디선가 검푸른 바람이 불어온다 늦지 않았다는 듯 풀들이 아우성치고 있다 밤의 한가운데서 보내온 구조신호들

이 수 | 2017년『시작』으로 등단 | 2018년 아르코 창작기금수혜 | 이메일 h111751@hanmail.net

백운암, 석불입상에 기대어 외 1편

이 은 희

얼굴 없는 얼굴로 돌아왔다

땅속 어딘가에 머물러 있다가
번민을 버린 채 솟아오른 불상
눈, 코, 입, 뭉개어졌어도 환하다

반짝이는 눈빛으로 둘러싸이기 위해
얼마나 가면으로 쏘다녔던가, 나는
오고 갈 천년 세월에 기대어 보니
아무것도 아니어서
석불 얼굴 몇 번이고 쓰다듬어보는데

바람은 산사를 돌아가고
무심한 종소리
멀리 마을 우물까지 퍼져간다

숲속에 엎드려 있던 안개가
윤회의 비밀 찾으려는 듯
새벽 연꽃처럼 합장을 하면

대웅전은 오래도록 색을 풀어내고
바닥으로 내려앉던 낙엽도

하늘을 탐하느라 진득했던 물기를
기꺼이 버린다

피향정에 들다

연잎에 뒹구는 물방울 속으로
발 딛는 소리 새기며
못가를 수 백 번 돌던 당신은
기어이 떠나고 말았습니다

숨 가쁘게 달려왔으나
너무 늦게 도착하여
하연지의 꽃잎을 놓친 나,
기다렸다는 듯 돌계단이 나무랍니다

팔작지붕 겹처마 그늘은
당신이 몰래 밀봉해둔
향기를 흔들며 반겨줍니다

그리움의 체취를 두르고 피향정에 올라
매일 밤 별들이 묵어가던 두리기둥에
당신이 남겨두었다는 숨을 들이마십니다
우리는 다른 곳을 흐르지만 같은 표정입니다

어느 곳이라도 멈추어 귀 기울이면
얇은 저녁, 고요히 부르던 당신의 노래 들려와

>

손바닥 온기로 두리기둥 데우며

한 몸이고 싶은 바람, 손금 찍어 놓습니다

이은희 | 2014년 『애지』로 등단 | 필명 이희은 | 2018년 대전문화재단 창작지원금 수혜 | 시집 『밤의 수족관』 | 제7회 정읍사문학상 대상 수상 | 이메일 leh2627@hanmail.net

미더덕 외 1편

남 상 진

너는 눈물 한 방울로 태어났다

보잘것없는 난생의 몸으로
막막한 물속 세상에서
파도를 견디며 살아내기란
눈물을 제 살 속으로 말아 넣는 일
짜디 짠 바닷물을 들이마시고
삼키지도 뱉어내지도 못하고 연명하던 시절
깊은 수심의 물속을 견디는 일은
스스로 빈틈을 여며 단단해지는 것

태풍이 몰려와도
바위의 멱살을 부여잡고 버티던 하루가
물속에서 눈물 한 방울로 맺혔을까?

누군들 제안에 눈물 자루 하나 키우며 살지 않을까

아름답고 붉은 석양은
늘
수면 위만 비추는 멀고 먼 그림 속 세상

밀려오는 세파에 온몸으로 맞서고

일렁이는 너울에 흔들리며 키워온
단단하고 둥근 집

껍질 한 꺼풀 벗겨
입안에 넣고 깨물면
툭!
숙성된 향기가
온몸으로 번지는 너는
깊이 발효된 맛으로
오래된 봉인을 푼다

도하渡河

머리를 거울에 비추면 잠이 달아났어
병실 수납장에 감춰 둔
두개골을 꺼내 읽는 중이었지
강력본드에 타카핀으로 쓰여진 문장은
이어 붙인 두개골이 골자였어

종양을 덜어낸 자리는 적막으로 채워져
꺼진 씽크홀처럼 어둡고
젊은 의사는
난독의 구간이라 말했어

내 과거에 대한
인과응보일 거라 생각했지
어디서 시작됐는지
균열의 근거는 보이지 않았어

머리를 화병에 꽂고 꽃이 피기를 기다렸지
꽃병의 모가지는 잘록해서 비틀기가 쉬웠거든
머리가 없는 동안 노래를 불렀어
눈을 감아야 들리는 노래
이제
눈 감은 것들의 생명력으로

청명한 내일로 갈 수 있을까?
텅 빈 쪽으로 흐르는 슬픔은 건너지 마
어쩌면 내가 먼저
네 안에 도착해 있을지도 몰라

남상진 | 2014년『애지』로 등단 | 시집『현관문은 블랙홀이다』,『철의 시대 이야기』

2부

김진열, 김선옥, 강정이
최병근, 곽성숙, 최혜옥
정해영, 박성진, 이시경
이영식, 김군길, 탁경자
정미영

달동네 시나리오 외 1편

김 진 열

구불구불한 시나리오를 쓰기 시작했다

도시의 외곽이 어두웠던
스물한 살 때는 실한 갈대의 뿌리였는데
쉰일곱 다리는 무거운 십자가다

잠들기조차 힘든 통증
사전 준비는 시간의 더께를 내밀며
계산이 끝난 일이라 한다

꺽꺽 목 메임도 이제 습관이다
갈피 사이에 숨겨두었던 아름다운 싯구
문득 얼굴을 내밀지만
너른 품의 달조차 쉽게 위로하지 못한다

낡아가는 일기장의 언저리를 촘촘히 탐색한다
파란 입술의 소녀가 백치처럼 웃는 동네
바람이 골목을 헤집는 날은
철 대문이 시끄럽게 투덜대며 속내를 드러낸다

금간 담벼락에 마른 허기가 맴돌고
떠올리기 싫은 기억에 질끈 눈을 감은 휠체어

학원을 다니지 않는 초등학생 꼬마들과
기저귀를 차고 있는 아기똥풀꽃이
옹기종기 볕을 쬐고 있다

수시로 어른거리던 싱싱한 다리
기억 속에서조차 가물거리고
가파른 계단은 가까운 외출조차 허락하지 않는다

굽은 길로 노을이 뛰어들고
지나는 바람이 젖은 눈가를 말린다

뜨지 않는 달을 기다리는 동네
시나리오는 끝났어도 공연이 되지 않았다

누름돌

물의 훈육으로 다듬은 매끈한 외모
수렴동 계곡 물소리가 들린다

반색을 하고는 두리번거리며 배낭에 넣어버린 날
주위에서 지켜본 그들은 왕비의 간택쯤으로 생각했을까

흐르는 수돗물에
구석구석 문지르며 목욕재계를 시킬 때까지
다가올 짜디짠 시간은 짐작도 못했다

삭힐 깻잎을 온몸으로 누르고
짠물 속에서 숙명이 되는 숨

엎어져 꺼억 꺼억 게워내 보지만
어쩔 수 없이 봉인된 표정으로 흠씬 잠기고 말아
침침한 통 속에서 하루 한나절은 울고
반나절은 받아들인다

파란 하늘이 물 안으로 들어오며
울긋불긋 낙엽이 눈앞에서 너울대고
더러 몸을 뒤채이며 부르던 맑은 그 노래
푸른 착란을 일으키는 그곳 지금도 잘 있을까

>

그립고 갈애渴愛하는 기억을
이다지 갇힌 곳에서 꺼내 보는 일은
고작해야 돌아눕는 일

절벽의 소나무를 바라보던 눈을 질끈 감고
계곡 물소리를 차갑게 껴안고 잠든 돌

그 누름돌은 내 어머니를 닮았다

김진열 | 부산 출생 | 2019년『애지』로 등단 | 시집『발레하는 여자 빨래하는 남자』

마네킹 외 1편

김 선 옥

자신의 몸 아닌 몸 하나 서 있다

심장도 없고 늑골도 없고 생각도 없다
살도 피도
숨소리 하나 없는
마른 대나무 통 같은 여자

타인의 옷을 걸치고
광대뼈 밖의 웃음으로 포장된,

천정의 불빛은 안다
유리 밖의 사람들은 안다
자신의
생의 바닥이 어딘지 몰라 몸 꼿꼿한,
한 번도 무릎 굽어본 적 없는 여자

밥 없이 속없이 출구 없이 살면서
등짝에 시침 바늘을
옷처럼 걸친 여자

옷 벗겨지고
팔다리 뜯겨져

색깔없이 웃음없이
눈 깜빡임도 없이
세상을 유혹하는 게
일상인 여자

바람

그는 왜!
풀밭을 열어보려 했을까?

옹이로 불거진 엄마의 손길 없이도
무성하게 자란 텃밭에 풀들이 몸을 낮춰
살아내는 법을 알아간다
살구나무 그늘이 놀라 자지러지고
맑은 하늘도 몰리는 구름에
조각조각 그늘이 된다
양철지붕에 바람이 찢기는 소리 와장창! 와장창!

오랫동안 닫혀있던 대문을 두드린다
안쪽에선 누군가
맨발로 풀밭을 질질 끌고 나와
녹슨 대문을 열려고 삐걱거린다

쿨럭거리던 할아버지 기침 소리와
내 어린 추억과
내통하는 자의 관계는 어떤 관계인지
수시로 제집처럼 드나든다

먼 산처럼 다가와 뿌옇게 시야를 풀어놓은 황사에

숨이 멎는 순간에도
거미는 바람에 기대어 집을 짓는다

김선옥 | 경북 문경 출생 | 2019년 『애지』로 등단 | 이메일 kso6789@hanmail.net

출구 외 1편

강 정 이

너덜겅에 앉는다
소리와 소리, 어지럽던 어제가 없다
세숫물 흘러내리는 내 얼굴이 없다

오카리나를 불면
새의 그림자가 부리를 내밀고
힐끗 나타난 들고양이가 등을 돌린다
달그락달그락 나뭇잎 나를 흔들 때
감긴 눈 속의 어둠들이 펄럭거린다

기도하는 산봉우리를 보며
가슴에 쟁여진 돌덩이를 너덜겅에 쏟는다

소금물에 절인 오이가 물 위로 떠오르면
이 돌덩이로 눌러주자 물컹해졌다고 버려지면
어둔 밤 풀벌레들이 울어대지 않겠는가

오지 않는 애인
기다리다 가노라 남긴 쪽지를
깃발처럼 펄럭이게 하는 것도
지그시 눌러준 돌멩이 아니던가

>

가슴 짓누르던 돌덩이가 누군가의 숨표가 되고
나그네의 의자가 되다니
바람이 앉아 쉬고 나뭇잎이 숨을 고르는

돌덩이에서 공명소리가 난다
아, 가볍다

할미꽃

경비실 한 모퉁이
할미꽃 한 송이 앉아 있네요
고개를 드세요
그저 탈 없이 살아주길 바라는 마음
그냥 버리세요
유모차 끌고 가는 새댁 연분홍 향기에
미안해 하지 마세요
모시나비 날개 보며 수의를 떠올리나요
님의 무덤이나 지켜야 할 몸 중풍 들었다고
죄스러워 마세요
제 등이 무덤 아닌 자 돌 던지라지요
여기가 아파트단지인가요 하늘공원인가요 다만
모서리를 얼마나 동그마니 다듬는가죠
어찌하면 씨가 되어 묻히는가죠
우린 모두 무덤 위에 핀 꽃
제발 고개를 드세요
당신 목덜미 황사바람에
자꾸만 목이 메인단 말이에요

강정이 | 경남 삼천포 출생 | 2004년 계간시전문지『애지』로 등단 시집『꽃똥』| 이메일 kangjun-gii@hanmail.net

굴뚝꽃 외 1편

최 병 근

그늘진 저녁
굴뚝을 읽는다

불길 속 나무의 뼈가
망울망울 풀어져
상형문자로 걸렸다

저 하얀 연기
수국처럼 피었다 사그라지는
목록의 흔적
실낱같은 가계가 선명하다

까맣게 타들어가
새겨진 지문
굴뚝굴뚝 피어난 꽃

독살*

서천군 장포리 바닷가
고기 잡는 독살님은
원시인처럼 바다를 지키고 계시지만

수억 년째 퍼담지 못한 바닷물을
하루 두 번 뻘밭으로 만든다는
지구와 달의 약속만 믿으며
바다를 훔치는 천하의 사기꾼이다

바닷물은 마른 적이 없었다며
철썩철썩 밀물 믿고 휩쓸려온 고기떼
때 놓친 자승자박으로 파닥거린다

돌그물에 걸려든 갯것들
썰물은 갯벌에 발자국 흐리며
잠잠히 멀어져 간다

바닷물로 사기 친 독살님은
시퍼런 바다가 두려운지
뻘밭에서 눈먼 고기만 잡는다

밀물 썰물 머물던 수제선이

드나들 시기를 출렁출렁 저울질하자
장포리 독살님이 넌지시 이르고 있다

나는 어느 때를 기다려야 하는가

* 돌로 담을 쌓은 뒤 밀물과 썰물 차를 이용해 물고기를 잡는 어로 형태.

최병근 | 충남 보령 출생 | 2020년 『애지』로 등단 | 시집 『바람의 지휘자』, 『말의 활주로』 | 국민대학교 경영대학원 및 배재대학교 시창작 전문과정 수료.

정인이 정인에게 외 1편

곽 성 숙

서로 마음에 둔 이를 정인이라 부른다
그대는, 정녕 정인을 품었는가?

나는 애정인情人과 고정인定人을
모두 정인이라 부르기로 했다
나를 사랑해주고 아끼는 마음이 모여
끝없는 염려와 응원으로 바라보는,
뜨거운 눈길을 정인이라 하겠다

그 어떤 부름이 이보다 깊고 뜨겁겠는가
애초에 정인의 온도는 스스로 사랑이 되어 지글지글 후덕후덕 타올라 식지 않는다면
그걸 분명 운명이라 해도 좋겠다

기실 사랑은 헤어날 수 없는 감옥이 아니던가
서로의 감옥에서 광복절 특사조차 받을 수 없는 죄질 높은 무기징역이 아니었나?

오랜 세월 여전히 옥사 중인 당신은,
한순간도 나를 사랑하지 않은 적이 없습니다
날마다 내 독방의 온도가 뜨겁습니다.

사랑의 화석

나는 내 나이 아홉 살 때,
할머니와 기호식품이 같다는 것을 알았다
몹시도 더운 여름이었지
마실 나갔던 할머니가 대문 밖에서부터 야야, 하고 숨이 차게 부르며 들어왔다 얼굴엔 땀과 웃음이 가득 버무려지고 반짝이는 두 눈으로는 나를 찾느라 바빴다 허리춤 뒤로 감추었던 손을 내 눈 앞으로 끌어내서는 꼭 쥐어져 있던 가제수건을 조심스레 펼쳤다
–야야 잘 봐 봐라, 너 혼자 먹어야 한다잉
놀랍게도 펼쳐진 가제수건에는 한입 베어먹다 둘둘 싸들고 온 케키가 뼈만 남기며 막 사라지던 참이었다
한입 베어 물고 남긴 시원하고 달콤한 케키는 어디로 갔을까
유난히도 옴팍한 할미의 눈에는,
소나기라도 쏟아질 듯 순간 그렁그렁하다

아마도 사랑은 아이스케키의 남은 막대나 달콤하게 젖은 가제수건일 것이다
한번 베어 먹은 이빨자국이 어딘가 있을거다
내 손등을, 내 뺨을, 내 심장을 물고 핥고 새긴 자국으로 남아 있을거다

>

나무 뼈와 단물이 남긴 사랑의 흔적,
사랑의 화석 말이다.

곽성숙 | 전남대 중문과 졸업 | 시인, 시수필가, 동화구연가 | 2014년 『애지』로 등단 | 제1회 무등산 공모시 대상 수상 | 시수필집 『차꽃, 바람나다』, 『차꽃, 바람에 머물다』 | 시집 『날마다 결혼하는 여자』 | 이메일 kss4560@hanmail.net

블랙 스완 외 1편

최 혜 옥

네온 길을 걷다가 색깔을 잃었어
속도를 따라잡다 말을 잃었지
두 팔 어긋 뻗어 부호를 만들고
눈맞춤 떼지 않고 신호를 보냈지만
아무도 믿지를 않아

사랑은
할 때마다 매번 첫사랑
그래서 늘 어리석지

세기에 한 번 있을까 말까한
뜻밖의 일, 블랙 스완
어둠이 쏟아지는 불꽃을 삼키며
하얗게 웃네
날개를 접고 접네

아니야,
아니야,
아니야가 아니야

눈을 감기 위해 웃지
빛에 탄 말들이 검은 깃털로 나부끼고

목이 쉬도록 나팔을 불어도 듣지를 않아
통념이 우거진 콘크리트 밀림 속
회색코뿔소는 다시 덩치를 키우네

아니어도 아닌 게 아닌
블랙 스완, 세기에 한 번 있을까 말까한

사랑은
할 때마다 매번 첫사랑
또 다시 눈이 멀지

우아한 청승

사랑이 다시 오면 그땐
수없이 애인을 바꾸고도 외로움에 떠는 허기와
끝장을 봐야지
오직 한 사람에게 심금을 도난당한 빈털터리와
네가 내 사랑이었다 사랑해서 떠난다
비굴한 전언 한 마디 남겨놓고 날아가 버린 멍텅구리와
세상엔 어찌 여자가 너 뿐이냐고
하루에 열두 번씩 놀라는 거짓부렁이와
단판을 지어야지
후박나무 잎새에 몸 부리는 빗방울을
혼자 듣느라 낮밤을 뒤척이고
계절마다 안절부절 제 애간장 졸이는
구제불능 딴청들 위선들 몽땅 버리고
마가리에서 십리나 떨어진 산골로 가야지
논두렁이고 밭두렁이고 시도 때도 없이
개굴개굴 같이 죽자
개굴개굴 너와 함께 끝까지, 말하던
선언이나 다짐들을 다 불러놓고 닦달해야지
날개도 실옷도 다 벗어 버리고
사계절 내내 후일담만 걸치고 늙어가야지
끝내 비극적인 결말을 겹겹이 얼싸안고
아무도 모르게 까무러쳐야지

>

다시 사랑이 오면 그땐
절대로 혼자 아프지 말고
아프기 전에 꼭 먼저 이별해야지

최혜옥 | 충남 보령 출생 | 중앙대학교 예술대학원 문예창작전문가과정 수료 | 2018년 『애지』로 등단 | 시집 『왼손의 애가』 | 이메일 whatdo12@naver.com

그리움 외 1편

정 해 영

아기를 낳듯 몸보다 작은 것은 낳을 수 있다 크고 넓은 것이 안에 들어 있어 밖으로 나올 수 없다 내부를 가득 차지하여 웅성거리는 덩치 큰 이것, 말이 되지 못해 갇혀 있다

안에서 씨를 뿌려 안에서 자란 수령이 높은 나무같이, 뻗을 대로 뻗어 가슴을 꽉 메운,

낳으려 해도 낳아지지 않는, 뼈와 살까지 파고들어 층층이 무늬가 된

투명하고 환한 탑이다

나무와 함께

겨울 화분에 물을 주며
몇 해째 꽃을 피워준
나무 앞에 서면
함께 있어도 같이 가는 건
아닌 것 같아

어디쯤 가고 있니
꽃 진 검은 속이야
보여 줄 리 없지만
우는 나무 성난 꽃은 없어
실컷 울지도 못했지

웃다가 우는 날
올까 하여
마음 놓고 웃지도 못했지
뜨거운 마음 들고 살았지

나이로 세는
분홍도 가고 초록도 가고
오는 것 없이 가기만 하여

언제쯤
돌아오는 날 있을까

정해영 | 경북 고령 출생 | 경북여고와 대구교육대학을 졸업 | 2009년 『애지』로 등단 | '대구문인협회 회원' 및 '물빛동인'으로 활동 | 시집 『왼쪽이 쓸쓸하다』 | 이메일 haeyoung123@gmail.com

민들레 외 1편

박 성 진

가부좌 튼 모습이 아름답구나

민들레야,
산속의 아름다운 풍경도 버리고
안락한 절도 버리고

먼지 맞으며
먼지 날리는 이곳으로 내려와
가부좌 틀고 앉아 있구나
나무 그늘 아래
황금빛 후광마저 환한
민들레야

쑥

쑥이 돋았다
논두렁도 개울가도 산비탈도 아닌
히로시마 평화공원
원자폭탄 떨어진 자리에 한 잎 두 잎 돋았다
잿더미가 되어버린 시체 위며 허물어버린 집
심지어 불타버린 고목나무 뿌리 사이에서도
푸른 잎으로 쑥쑥
돋아났다

그는 지금 봄을 기다리는 중일까
한국병원 304호 중환자실,
링거를 꽂은 채 잠든 사내
바짝 야위었다
방사능처럼 퍼져나간 암세포로
근육도 피부도 조직도 궤사 상태란다
손 끝으로 툭
날아가버릴 듯 위태로운 몸을 보며
그이 몸속 어딘가에
쑥 한 포기
몰래 가져다 심어주고 싶은 날
창밖을 서성이던 달빛 몇 줌
사내의 이마를 조용히 핥고 지나간다

날이 새면
사내의 몸은 논두렁이 될까 개울이 될까
쑥내음 가득한 산비탈이 될까
황폐해진 저곳에
여린 새순들이 한 잎 두 잎 돋아나진 않을까
겨울이 지나갈 듯 말 듯 위태로운
2월의 마지막 밤이었다

박성진 | 광주 출생 | 2013년『애지』로 등단 | 이메일 yourdream@silwel.or.kr

어느 제국의 노래 외 1편

이 시 경

못난 두 사내와 한 여인이 있었다.

사내 둘이 서로 으르렁거렸으나 그녀는 모두를 끌어안았지. 한 여인과 두 사내의 동거. 그들 가정이 극성極性을 띠고 한쪽 방향으로 기울어져 있었다는데. 그들이 무리 지어 바다를 이룬 곳이 이 세상이고 그래서 우리가 무사하다는데. 하얀나비를 들으며 너를 마신다. 친구들이 재스민 향기 비눗방울로 부풀어오르다가 꺼진다. 우정도 정의도 싸구려 일회용. 플러스가 플러스를 공격하고 마이너스가 플러스를 반기는 것만이 철칙이다. 멀리서 고기를 쫓던 소년이 다가와서 하모니카 소리를 풀어놓는다. '내 고향으로 날 보내 주오.'

삶은 플러스와 마이너스 사이에서의 저글링.

밀고 당기고 갈라서고 찢기고. 풀벌레도 여름철 내내 나의 숲을 흔들다 가는데 어디 있느냐 시인아 어디 있느냐.

그 아이

아이의 경쟁자는 오직 아이
스스로 머릿속 회로에 불을 켜고
반짝반짝 계산기를 돌리더니
메모리 공간에서 데이터를 꺼내 만지작거린다
아이는 수시로 신경망 패턴을 들여다보면서
출력된 문자나 숫자를 궤환시켜 보거나
스스로 학습한 데이터를 다시 입력하기도 한다
아이는 종종 다른 활성 함수들을 불러내면서
완벽주의자 흉내를 낸다
감성 제로의 고독 속에서도 지치지 않고
수많은 문제들을 동시에 해치우는
그 아이와 누가 싸울 수 있나

아이가 발명을 하면 누가 발명자가 될까
아이가 추상화를 그리면 누가 흉내를 낼까
아이가 미술을 평정하고
아이가 시와 소설을 평정하고
아이가 음악을 평정하고
아이가 세계를 평정하고
아이가 살인을 하면 누가 살인자가 될까
아이가 아이를 낳으면 누가 아빠가 될까
아이가 아이를 잃으면 눈이 촉촉해질까

아이에게 뜨거운 심장은 몽상일까

신선한 메뉴들이 우주의 먼지처럼 널려있는데
그들을 조합하느라 밤낮이 따로 없다
아이의 경쟁자는 오직 아이

이시경 | 2011년『애지』로 등단 | 시집『쥐라기 평원으로 날아가기』,『아담의 시간여행』| 교양과학/과학에세이『과학을 시로 말하다』| 현재 성균관대학교 교수 | 이메일 sigyung1@hanmail.net

구멍의 형식 외 1편

이 영 식

한낮의 전철 안
맞은 편 좌석에 앉아 있는 젊은이
청바지 구멍으로 무릎이 하얗게 드러났다
꿇거나 기거나 싹싹 빌어본 적 없어
비굴과 허기와는 담쌓은 무릎 구멍의 발랄함
목구멍이 포도청인 날을 견뎌온 나는
젊음의 가위로 싹둑 잘라 펼쳐놓은
저 텅 빈 낭떠러지의 형식을 무어라 불러야하나
구멍이 나면 실 꾸러미부터 찾던 어머니
깁고 또 기워 누더기로 끌고 온 가계
구멍이 더 크게 아가리를 벌려서
이빨 으드득거리기 시작하면 동굴이 되지
사자 굴인지 늑대 굴인지 몰라
눈치껏 피해 건너온 그 많은 허방다리여
구멍을 뚫어 인간에게 던져준 신은 누구인가
서로 살며 사랑하고 미워하면서도
암나사 수나사는 구멍 하나로 맺어지는 법
하루치 삶을 요약해 내놓는 똥구멍의 형식처럼
바늘구멍 통과한 낙타의 허구를 믿는 사람들
구멍은 우리를 시험에 빠지게도 하지만
찢어진 청바지 빈티지 속에서 깊게도 만들지

첫눈 내리는 날의 시

송이눈 펑펑 쏟아진다.

세례 베풀 듯 나눠준 고봉밥 한 그릇씩 받아들고 소나무도 개밥그릇도 모두 배부르다.

어떤 이는 첫발자국 내딛으며 길 떠나고 또 누군가는 어깨 위에 쌓인 눈 털면서 집으로 돌아오겠지.

나는 하늘이 내려주는 말씀 받아 적으려 책상서랍 속에 오래 잠자던 백지 한 장을 펼쳤다.

꽃과 가시, 선과 악을 나누지 마라.

세속의 경계 지우며 소리 없이 내려앉는 전언들, 글씨 하나 없는 순백의 묵시록이다.

폭설 퍼붓듯 말言을 몰아 눈길 내달리고 싶었지만 마음 달구고 뛰어들수록 내 글발보다 먼저 녹는 눈.

쉽지 않다, 행간을 넘지 못하고 진눈깨비처럼 질척거리다가 주저앉았다.

>

노루 발자국으로 종종거려 봐도 백지는 얼어붙은 눈밭처럼 차갑고 고요할 뿐 눈송이로 잠시 왔다가 사라지는 신기루 같은 시.

첫눈 내리는 날의 축제는 아직 멀다. 손님 맞을 준비가 덜 되었는지 미끄러지기만 한다.

이영식 | 경기도 이천 출생 | 2000년 『문학사상』으로 등단 | 시집 『공갈빵이 먹고 싶다』, 『희망온도』, 『휴』, 『꽃의 정치』 | 제17회 '애지문학 상'을 수상 | 이메일 lys-poem@hanmail.net

부녀父女 외 1편

김 군 길

아빠를 빼닮은 분신이 무릎을 베고 누웠다

가르릉 단풍햇살 코골이가
세상 태엽을 모두 풀어놓자

어깨 토닥거리던 산그늘이
살며시 윗옷을 벗어 덮어주었다

꿈 깊이 팔랑거리던 나비들의 춤은

지천에 꽃향유를 피워냈다

A 18

A 18이란 말은
피 흘리는 꽃이 침 뱉을 때
내는 말이다

다친 영혼이 벌거벗는 말이어서
그 말에 술 세 병 남짓을
홀로 부어준 적이 있다

별과 별 사이보다 더
아득한 말이어서

온 밤을 그 말 속에 울퉁불퉁
굴러다녔다

아마 그 말의 뒤 끝을
끄떡없이 견뎌낸 인간은 전생에 분명
고을 하나쯤은 구했을 것이다

김군길 | 한국방송통신대학 졸업 | 2016년『애지』로 등단 | 이메일 rnsrlf8007 hanmail.net

물집 외 1편

탁 경 자

백석동 사거리 십자가가 보이는
신호등 앞에서 아버지를 보았다
멀고 두꺼운 사막의 길을 걸어 오셨는지
늙은 낙타의 굽은 등 같은 굳은 얼굴이
기댄 지팡이 사이로 잠깐 흔들렸다
화들짝 놀란 두근거림으로
빠르게 가 닿은
십초 사이의 거리
파란 신호등 안으로 걸어가는 뒷모습은
다른 누군가의 몸짓에 불과하겠지만
그림자 밖으로 흘러나온
귀에 익은 잔기침 소리가 이명처럼 들렸다
잔잔하게 파도쳐 오르는 물집이 터졌다
아버지가 계신 산막에서 들려오는
뻐꾹새 울음소리가
신음하는 가을 햇볕에 터지는 듯 맴돌았다

웅덩이

전봇줄에 앉아있던 새가 빠져있네요
알전구도 내려와 빠져있습니다
회화나무 잎가지도 통째로 빠져있습니다
빠져있는 것 다 받아 주고 있는
하늘을 내려다봅니다
하늘이 이리 가까울 줄이야
살며시 손가락을 넣어 물을 튕겨 보았더니
파문이 일어납니다
하늘을 손가락 하나로 흔들 수 있다니요
손을 넣으면 하늘도 건져 올릴 수 있겠습니다
이렇게 당신의 마음도 건질 수 있을까요
사랑이 파문처럼 번져 올 수 있을까요
꽃잎 하나가 뚝 떨어져 젓습니다
땅으로 가기가 서러워
하늘 안으로 빠져 보고 싶은 것입니다
당신께 푹 빠지고 싶은 꽃인 것입니다

탁경자 | 중앙대학교 예술대학원 문예창작전문가수료 | 2017년『애지』로 등단 | 이메일 tak5708@hanmail.net

달팽이 전철 외 1편

정 미 영

전철에는 달팽이가 앉아 있어요
모두가 같은 모양의 수신기를 차고
외계로부터 전파를 받아
스마트 속으로 스마트하게 접속해요
두리번거리며 총을 쏘아대고 있는
젊은 눈과 마주쳤어요
눈길을 돌려 같은 종족이라는 표시로
깊숙이 넣어둔 휴대폰을 꺼내
만지작거립니다

내가 지구 밖으로 떨어져나와
이 전철안에 있는 걸까요
낯선 것들이 펼쳐져 있어서
정복당한 것인지도 모르겠습니다
어색한 표정으로 순간이동이
빨리 되기를 기다리고 있어요
어디가 종착지일까요
첫 사랑
첫 눈빛이 그리워져서
휴대폰을 눌러
따뜻한 고향으로 전화를 하고 싶은
여기는 어디일까요

산목련, 비밀을 엿듣다

어느 찻집
그녀가 예고도 없이
단단히 뭉친 말씨를 뱉어 냈다

그날 이후
누군가를 만날 때면
먹지 말아야 할 것을 먹은 것처럼
다시 뱉어내고 싶을 때가 있다

내 의지와는 달리 삼켜버린 그 씨가
입 밖으로 역주행 할 것 같아
빨간 경고등을 켜고 있다

오랫동안 그녀가 아프게 품고 있다가 흘린 것이
내 마음 어디쯤서 싹이 터 올라오는지
자꾸 목이 간지럽다

민들레 홀씨처럼 옮겨 놓고는
말 하지 말라니

그녀에게는 내가 깊은 산골짝
산목련 쯤으로 보였던 거다

저 홀로 피었다가
저 홀로 말없이 지는,

이제 기다리다 보면
내가 삼켰던 이야기는
산목련 꽃으로 피어날 것이다

정미영 | 2019년 『애지』로 등단 | 이메일 daisy5015@hanmail.net

3부

이병연, 강우현, 조옥엽

현상연, 김형식, 정가을

조성례, 유계자, 이국형

강서완, 황정산, 김정웅

구부러진 것들 외 1편

이 병 연

곧게 벋지 않은 것들이
등에 난 상처와 질곡을 본다

때아닌 바람에 골이 깊게 파인
어둠에서 헤매다 찍힌
곧게 벋으려고 안간힘 쓰다 구부러진

물처럼 막힘 없이 흘러간 것들은
볼 수 없는

마디마디 새겨진 곡절로
귀한 꽃이 피고 없던 길이 난다

굽고 비틀어진 것들이
몇 날 며칠 밤새워 생긴 두턱

그냥 볼 수 없는 걸작이다

바이러스 유감

안부를 묻는 전화에 바이러스가 따라붙었다

겨우내 기다리던 눈은 예까지 오지 않고
코로나가 멀지 않은 도시에 배달되었다

이웃 나라 도시의 사람들은 간수 없는 감옥에 갇히고

혹시나 모를 반갑지 않은 배달을 걱정하는 사람들은
문을 닫고 홀로 밥을 먹고 TV를 켠다

바이러스의 꼬리를 잡기 위해 만든 가두리양식장
칸을 넘나들지 못하도록 감시가 철저하다

자유로운 삶에 제동을 거는,

우리도 모르는 사이에
삶의 곳곳에 깊숙이 서식하고 있는 것들

숨어들수록 끈질기게 찾아가 소독을 한다

이병연 | 충남 공주 출생 | 2016년 계간지 『시세계』로 등단 | 시집 『꽃이 보이는 날』 | 금강여성문학 회장, 공주문인협회, 세종시마루, 문학세계문인회 회원으로 활동 | 이메일 yeon0915@hanmail.net

능소화, 그 오르는 것은 외 1편

강 우 현

당신은 너무 멀어
하늘을 잡고 올라야 하는데 잡히지가 않아
시멘트 속에서 절벽을 타고 오르는 이유에 대해
입술을 깨무는 버릇이 생겼어

산딸나무나 산수국의 봄을 꼭꼭 씹을까
외따로이 구석에서 꽃이나 덤불로 피울까

주인 없는 꽃은 손을 타기 쉬워
목을 꺾어도 아프단 소리를 못해
손으로 가린 귓속말은 몸을 부풀리며
길마다 원본과 다른 색깔을 칠하지

화려한 겉모습은
기다림이 아픈 그늘에게 입힌 옷
또 하루를 오르는 힘이야

나는 등을 좋아해
업히면 입술이 간지러워
태양을 보면 기분의 날개가 펼쳐지지만
혼자 웃는 웃음은 구멍이 많아 눈물 냄새가 나

>

눈을 감으면 당신이 걸어오지
안에서 침묵이 깨지는 순간 불꽃의 뇌관을 건드리며
꽃이 타기 시작하는 거야
꽃불을 흔들고, 그제야
기억이 무뎌질 때까지 절벽을 비추자고 나는,
바닥으로 방향을 틀 수 있어

메쉬펜스의 방식

작업화를 신은 인부들이 쇠 담장을 만든다
돌담도 아니고 앵두울도 싸리울도 아닌
시멘트 받침에 앵커볼트로 박는 울타리다
혼자서는 향기 한 접시도 정 한쪽도 나누지 못하는
오직 네것 내것을 확실히 금 긋는 작업이다

아이들이 놀이터에서
너네 아파트 내 아파트
평수대로 나뉘고 있다
콩만한 가슴팍에 쇠 박는 소리
모른 척
또 앵커볼트 하나 미래를 고정한다

나무 그늘과 바꾼 주차장을 따라
몸을 늘이는 담장
햇살도 앉을 곳이 없어 그냥 가고
비바람도 뒹굴 곳이 없어 서둘러 간다

둘러봐도 공깃돌 하나가 없다
공기놀이는 어디서 하나
어디에 돌을 세우고 비석놀이를 하나
유튜브와 노는 놀이는

가슴에 바람이 집을 짓는 메쉬펜스의 방식

감추고 싶은 어른을 어린 어른들이 몰래 베끼는
키 크는 속도보다 더 빨리 추월하는 저 방식
띄엄띄엄 심어진 덩굴장미가 제동을 건다
어디로 오를지 가늠하는 눈매가 파랗다

강우현 | 2017년『애지』등단 | 이메일 vkfkdto1018@hanmail.net

두고두고 외 1편

조 옥 엽

아침이슬 방울져 내리는 숲길을 천천히 걷는데

갑작스레 미묘한 기류가 뛰어들더니 내 코끝에서 너울거렸습니다

재빨리 주위를 살펴보니 놀랍게도 바로 두어 발쯤 떨어진 풀숲에

여리여리한 아기 고라니 한 마리가 서 있었습니다

내가 깜짝 놀라 움찔하는 순간 저도 소스라쳐 출렁, 동공에 파도가 이는가 싶더니

순식간에 몸을 날려 섬광처럼 사라져 버렸지요

기적 같은 찰나의 만남

뜻밖의 조우에 부르르 떨며 전율하는 내 혼

드물게 아주 드물게

아니, 내 생에 두 번 다시 오지 않을 것만 같은 이 기막힌

행운을

이 불꽃 같은 순간을

나 아무에게도 말할 수 없을 것 같았습니다

아니 말하지 않기로 하였습니다

아기 고라니와 나 둘이서만 단둘이서만 간직하기로 굳게 약속했습니다

천년의 시간이 흐르고 만년의 시간이 올 때까지 두고두고 두고두고

한밤의 名畫

한밤중
인기척에 잠 깨어 나가보니

치매와 동고동락 중인 구순의 노모가
화장실에서 변기와 씨름을 하고 있었습니다

바로 그 곁에 남편이

도요새가 알을 품듯 어머니를 품고 있었습니다
묵묵히 묵묵히 승리를 기원하고 있었습니다

겨울밤
바람 한 점 없는데 어디선가 풍경소리가 걸어 나옵니다

한드랑한드랑
한드랑한드랑

잠옷 차림의 남편 곁으로 별들이 모여듭니다

설멍설멍
살망살망

>

때아닌 봄기운이 깃이불처럼 엄동설한의 해우소를 감싸고 흐릅니다

스릉스릉 스르릉
스르르릉 스르르릉

조옥엽 | 2010년 『애지』로 등단 | 시집 『지하의 문사』 | 이메일 chookyup@hanmail.net

대숲에 울음이 산다 외 1편

현 상 연

누구나 감추고 싶은 눈물은
대숲으로 끌고 가지

울음의 정착지는
물어뜯긴 바람이 사는 곳
그곳은 수시로
바람이 댓잎의 머리채를 잡고 흔들기도 해

대나무 밭에 묻어둔 비밀은 질긴 뿌리로 뻗어 번식하고
그늘 밑 서늘한 눈빛엔
짙푸른 하늘이 고여 있지
그때마다 도리질하며 속을 뒤집어 보이지만
흔들리거나 떠도는 건 아킬레스건이 있다는 것

누구나 약점은 숨기려
보이지 않는 울타리를 치고 살지
울타리가 낮을수록 비밀은 새어나가고
독사는 뒤꿈치를 물기도 해

대숲은 언제나 울창한 바람의 옷을 걸치고
숨죽인 울음으로 늘 그늘을 짓지

재래식 한증막

소나무 숲을 옮겨온 숲속,
장작이 타고 있다

토막 난 나무들
하얀 뼛가루 날아다니고
숲속에 둘러앉은 새떼
그들의 언어로 속삭인다
두런거림 건너편
잎새 가린 침묵이 누워
후끈 달아오른 숲의 열기 가늠하고
한증욕 만끽한 조용한 소음이 지나 간다
휴식 밖은 바람과 조우한 눈이 가볍게 유턴하고
바닥에 닿기 전,
눈은 눈을 감고
바람은 골짜기를 타고 연기의 등을 밀며 사라진다

나무는 제 크기만큼 타다 떠나고

흐르는 노폐물을 가볍게 뒤척이며
관절에 원적외선을 쬐는
습관이 관습이 되어버린 노송들,

다시 꽃탕으로 들어간다

현상연 | 경기 평택 출생 | 2017년『애지』로 등단 | 이메일 hyusykr@hanmail.net

무엇을 쓸고 있는가 외 1편

김 형 식

대숲에
이는 바람
가다가 멈춰 서서

뜨락을
쓸고 있는
그림자에게 묻는다

“세월을
쓸고 있는가
번뇌를 쓸고 있는가”

빙그레 웃자

유심히
바라보니
벽이 그곳에 있더니
무심히 바라보니 벽은 어디로 갔는고
벽을 보고 앉아 있는 나는 또한 누구인가

한순간
놓아버린
화두를 챙기다가
툭 터진 벽 넘어로 바깥풍경을 바라보니
이런 일도 있는 걸까 어안이 벙벙하네

터진 벽
바라보니
세상이 거기에 있어
꿈인지 생시인지 허벅지를 꼬집어봐도
벽은 없고 온지 사방 환하게 열려있네

걸릴 것
하나 없는
이것이 사실인데
사람들 알고 나면 고운 눈으로 보겠는가
침묵 속에 묻어두고 빙그레 웃고 살자

김형식 | 2015년 『불교문학』으로 등단 | 한국청소년문학대상 | 시집 『그림자, 하늘을 품다』, 『五季의 대화』, 『광화문 솟대』, 『글, 그 씨앗의 노래』, 『人頭琴의 소리』 | 이메일 hyeongsik2606@daum.net

염증 외 1편

정 가 을

화장실에서 볼일을 보는데 피가 나오다니요

지나는 사람들 닿지 않으려
둘러왔을 뿐인데

술주정 바람에 곡선으로 흐르는
골목방 하나 따시게 하려는 것뿐인데

양철냄비 속 끓는 달빛 들리지 않고
빼꼼히 문 여는 아이 보이지 않다니요

옷 벗긴 아이스크림 녹지 않길 바라다니요

볼 때마다 달라져요

흐물해진 어깨를 주무르다 내 손도 흐물흐물해졌어요

지하철 안전유리에 비친 여러 개의 팔들을 꺼내와요
감싸도 안겨지지 않는 일곱 개의 기둥을 지나가요

자갈 밑 유리
유리 밑 억만년 깊이의 구멍을 보아요

>

촘촘해진 지폐들이
따라와 나의 뺨을 때려요

에잇!
너덜거리는 방은 그냥 떼어버리기로 해요

속이거나밖

제목은 무덩이야
살찐 비둘기가 말했어요

뭐라고? 무덤이라고

더 열리지도 닫히지도 않는 창속
사람 발길 닿지 않는 베란다

들썩들썩 몸 키우는 응달 엉덩이
키 재다 다람쥐꼬리 쪽으로 빠지는 노을

누워 인사하는 오리
눈 깜박이는 직박구리
손 닦는 큰부리까마귀

그리고

나의 곤줄박이

거친 인조잔디 위에 새 깃털들이 꽂혀 있고
바람에 자유로이 몸을 흔들고 있었다

>

반으로 자른 키위
검붉은 근육 너덜너덜해져

개는 휘어진 방충망
방에만 나타나는 길을 따라 나가버렸다

잔털과 가시
뿌리 없는 엉겅퀴만 남는다

무덩이었다

정가을 | 계간 시전문지 『사이펀』 편집장 | 2018년 「애지」로 등단 | 이메일 qnwls@korea.kr

역방향으로 가는 여행 외 1편

조 성 례

기차를 탔습니다
역방향으로 앉으라 했습니다
어차피 미래는 볼 수가 없는 것
지나간 길이나 다시 보며 가자했습니다
닳아진 등으로 밀면서 갔습니다
본 것을 계속 보며 달렸지요
어제가 밀려나오듯
풍경은 먹은 것을 꾸역꾸역 토해내고
뜯어서 버렸던 날들이 줄줄이 줄줄이 따라옵니다
마주 앉은 당신은 새로운 풍경에만 관심을 둡니다
당신은 나를 뜯어내고
나는 당신을 뜯어내면서도
새 달력을 벽에 걸듯
몸집이 불어나서 채워진 줄 알았습니다
당신의 푸른 이마가 떨어져 있고
빛나던 눈동자도 떨어져서 갓길에 구르고 있었습니다
내가 뜯어 낸 것들이겠지요
몇 장 안 남은 달력처럼 당신의 어깨가 얇아 보였습니다
들여다보면
가슴에도 구멍이 숭숭 뚫려 비명이 들락거리고 있을 것입니다
가다보면 갓길에서 불쑥 불쑥 올라오는

칠삭둥이 같은 춤도 추워보겠지요
당신의 뜯어 낸 가슴에는 헐대로 헐은 내 이력이 뒹굴고 있네요

음지식물

도시에서 파산을 장만한 꽃들은 모두 음지로 밀려났다
언제부턴가, 창백한 지하도만 골라 뿌리를 내리는 위태로운 저 식물들
생의 가장 낮은 바닥깊이 궁색함을 뿌리내리고
구걸하는 두 손에는 얼마 남지 않은 생의 간절함이 가득하지만
쉴 새 없이 오가는 행인들의 싸늘한 발길 끝에서
그들이 가장 포만하게 받아먹는 혜택은 차가운 외면과 흙먼지 뿐

이따금, 배고픔과 추위를 덧댄 누더기 잠이 아득히 밀려오면
위태롭고 눅눅한 쪽잠 속에서 오래전 떠나간 아내와 아이들이
목이 꺾이고 부러진 갈대처럼 까무룩, 흔들리다
어렵사리 찾아든 바구니 속 동전 소리에 놀라 선잠을 털어낸다

그믐 같은 밤이면,
채 구원받지 못한 배고픔과 오염에 얼룩진 수치심을 챙겨
검은 도화지처럼 내려앉은 밤 골목 잠자리를 찾아 사라지는 그들

얇고 위태로운 입김처럼 뿌옇게 지워지는 그들의 손에
구겨진 신문지와 라면박스가 전기장판 대신 들려있다

오늘은 어느 후미진 구석에서 죽음보다 못한 누더기 잠을 누일까,
첫눈이 오려는지 영하의 바람이 분다, 이제 내일이면 또
새롭게 생산된 신용불량들이 우후죽순처럼 생겨나고
얼마나 많은 이들이 지하계단에 차압딱지처럼 납작하게 붙어
쉬이 열리지 않을 행인들의 주머니를 종교처럼 갈망할 것인가

조성례 | 2015년『애지』로 등단 | 시집『가을을 수선하다』| 이메일 rkdirhrfl@hanmail.net

지상을 지나가는 저녁 외 1편

유 계 자

지상을 지나가는 저녁 무렵
당신이 떨어뜨린 약속은 소나기가 되고
아끼던 부레옥잠은 슬며시 부레 없는 꽃으로 피어났다

꽃은 꽃말을 위해 애쓰고 그늘에 놓인 뿌리는 머리칼처럼 길어졌다

함부로 길어진 고독이란 말을 단단히 묶지만
묶을수록 자세를 바꿔보려는 몇 컷의 웃음

거울 속으로 발을 들이밀자 반성 없이 따라온 길이 널려 있고
아직 첫 장을 완성하지 못한 말들은 서랍 안에서 분주하다

달빛을 등지고 걸어간 길과
파도를 데리고 걸어간 당신

나는 당신에게 몇 번이나 목화솜 같은 이름이었을까
차가운 곳에 익숙해진 근황은 아찔한 단애가 될까

얕은 주머니라서
뒤집힌 사랑이 주르르 쏟아져 내리고

노트 속에 빼곡히 적힌 붉은 물집에 버물리*를 슬쩍 발라 두었다

지척에 붐비는 당신은 무성하지만
당신과의 추억에는 색이 남아있지 않다

* 벌레에 물려 가려울 때 바르는 약.

붉은 맨드라미 아래

사랑니에서 통증이 왔다

의자는 스스로 나를 눕힌다
반사경을 쓴 의사가 차가운 치경으로 혀를 누르자 눈부신 조명이 입안을 환히 밝힌다

사랑이 읽히고 있다

붉은 맨드라미 아래서 한 사람을 기다리다 맨드라미가 되어가던 기억이 뢴트겐의 그림자에 복사되는 저녁

바람의 뒷골목에서 두근거리던 붉은 눈동자가 보인다

아픈 것들은 쉽게 뽑히지 않는데, 넘어지면 일어나기 어려운 뿌리가 쉽게 뽑혔다

돌아오는 길
주머니 속에서 만지작거리던 한 사람의 이름이 희미해져 갔다

보지 않고 잊을 수 있다면 보고 있어도 잊을 수 있는 것이다

유계자 | 2016년『애지』로 등단 | 시집『오래오래오래』| 이메일 poem-y@hanmail.net

짐 외 1편

이 국 형

이삿짐을 옮긴다

있어도 그만인 짐과 없어도 그만인 짐을 구분하며 이삿짐을 옮긴다

생활이 곧 짐처럼 느껴져 내려놓을 수 있는 것들은 쉽게 내려놓기로 하였다

아내가 해온 자개장을 공터에 내놓으며 손때 묻은 애인처럼 바라보았다

해와 달, 산, 구름, 소나무, 거북, 사슴이 눈을 감고 있다
불면의 밤을 털며 눈을 감고 있다

어쩌면 내가 짐이었을지도 모른다

구차와 궁색을 앞세워 생활이 닳고 닳도록 그들을 오랫동안 가둬둔 것 같아 미안했다

봄비도 여름비도 아닌 비가 내리고 있다

내가 짐처럼 쓸려가는 동안 자개장은 후련함에 젖어 들 것이다

뒤가 무안했다

십이선녀계곡

몸에 물이 차오르면 설악으로 가자

십이선녀계곡을 오르다 보면 모로 누은 듯 깊이 패인 물골이 있다 흐르는 물에 시간이 박히면 깊이가 생긴다는 것을 알게 된다

시간의 두께를 뒤로 하고 계속 오르면 사내 팔뚝처럼 근육질의 바위를 만날 수 있다 쉼 없이 몸을 다듬어야 하는 바위한 테도 사는 게 싱거운 때가 있었는지 물어보자

묵묵부답이거든 혹시 밤마다 내려오는 선녀를 보았냐고 농이라도 걸어보자

산길에 숨이 찰쯤이면 복숭아탕에 이를 것이다 투명해서 그 속을 가늠할 수 없으니 눈을 크게 뜨자 투명은 눈으로 볼 수 없어 마음으로 보는 거라 하였으니 가만 눈을 감자

쉬느라 허락도 없이 걸터앉았다고 바위와 시비라도 걸리거든 좁고 가파른 길로 바로 달아나자

한참을 위로 올라가면 능선의 끝쯤에 속을 비워가며 명줄을 붙잡고 있는 주목이 있다 가슴에서 올라오는 인사를

먼저 건네자

능선의 정상에 오르거든 지나쳐 온 모두에게 고마움을 전하자 흔한 연민이나 동정은 던져버리고 몸에 남아있는 물기를 전부 빼자

비울 수 있는 틈이 있어 다행이다

이국형 | 2019년「애지」로 등단 | 이메일 leekheeee@daum.net

감응 외 1편

강 서 완

기울어진 창가
온몸 둥글게 말은 고양이 달 속에 잠긴다
사락사락 달빛에 닿는 나뭇잎소리
사각사각 푸른 펜 허공을 걷는 소리
미미한 소리 적막에 스미고 달빛에 감긴다

靈들이 흘러 다니고
투명한 상자에 소리가 쌓인다
그들의 임무는 소리가 꽉 찬 상자를 소리의 주인에게 되돌리는 일,
고요의 맥이나 문자의 파동마저 색으로 분류한다

푸른색은 강이 되고 바다가 되고 역사가 되고
붉은색은 火가 되어 천둥번개를 치기도
꽃으로 세세토록 열매를 맺기도 한다
아바돈의 검정색이 소리의 주인을 삼키기도 하지만
억센 바람을 견디며 밤샘기도를 하는 것은
흰색에 대한 확신이다
가면 뒤의 표정이나 지렁이의 신음소리마저 해석하는
능력이 靈들에게 있음이다

어떤 상자는 수억 광년을 걸어 도착하고

어떤 상자는 즉각적이나
기원 이래 빈 상자들이 있었으니

죽음 너머 삶 너머
하늘과 물과 색이 흐르는 道體
입을 닫고 책을 덮은 심연,
스스로 굽고 펴는 빛이
펜과 혀를 안으로 쌓는다

만월이 바다를 끌어당긴다
소리와 의미 사이 비밀한 색이 출렁인다

소혹성 327호
— 술꾼의 별

술병이 넘어진다
보는 눈이 많을수록
수치羞恥가 번진다

바람이 불고
보는 눈이 있거나 없거나
술병이 넘어진다

바람이 불지 않아도
수치가 넘어지고
빈병이 쌓인다

넘치는 무게로 비틀리는 입술들 흔들리는 사물들
점 점 점 어둠속으로 사라지는 환상들

수치羞恥는 몽롱하지 비틀린 입술에서 노을이 쏟아지지

수치가 술병을 부르고
술병이 수치를 놓지 못하는

오랜 시소 끝에 술병은 생각했지 '잔을 창조하자'
서녘에 엎질러진 노을만큼 취기를 흘리자

덜어낸 무게로 어둠을 건너자

술잔에 국경이 생겼지
술병 속 광기절망탐욕공포나약늑대쥐뱀전갈여우…
잔의 숨은 구멍 속으로 검은 노을이 흘러들어가지

눈 감고도 넘치지 않는 수치羞恥

신의 연주가 끝나는 저녁
한 무더기 빈병 속 노을은 몇 평쯤 될까

강서완 | 2008년『애지』로 등단 | 시집『서랍마다 별』| 이메일 may-kbl@hanmail.net

날다 외 1편

황정산

벗꽃 잎이 날고 있다

날아가는 꽃잎이 지워지다
차창에 하나씩 달라붙는다

달라붙어 파닥인다
날았던 자세를 떠올리고
꿈틀대며 날개의 형상을 기억해낸다

나는 것은 가벼운 것이 아니다
젖은 무게가 잠시 몸을 말린다
가벼워 다시 날다 젖어 가라앉는다
가벼워 젖고 무거워 난다

벗꽃 잎이 날다 차창에 달라붙는다
달라붙어 날개를 단다
날개만큼 더 무거워지고 다시 젖는다
날다 젖다 가라앉는다
가벼운 것들은 없어진 무게를 가지고 있다

비가 온다
아무것도 날지 않는다

벗꽃 잎이 날리고 있다

찍다

박다, 라는 말에는 요철이 있고
등 간지러운 기다림이 있다
박는 동안 기계나 사람은 모두
구도에 육박해 들고
박음은 한 땀 한 땀 시간에 이름을 부여한다
박아 놓은 시간이 재가 되어 날아가더라도
박은 것들은 하나의 티끌까지 붙들고 있다

이제 사람들은 박지 않는다
서로 찍는다
찍는 것들은 지문을 남기지 않는다
찍히는 것들은 팻말을 들고 있다
찍는 것들은 기억하지 않는다
찍히는 것들은 기억을 기억하지 않는다
찍혀서 있고 찍혀서 없다

우리 모두 찍거나 찍히거나
그래도 박은 것들에
잠시 매달리거나

황정산 | 1993년 『창작과비평』으로 평론 발표, 2002년 『정신과표현』으로 시 발표 | 평론집 『주변에서 글쓰기』 | 주요 논문 「한국 현대시의 운율 연구」 | 이메일 rivertel@hanmail.net

소나무에 대하여 외 1편

김 정 웅

가시 같은 푸른 잎
바람 한 점 못 막는 성긴 가시를
겨울에도 지녔다고 부러운가

푸른 계절에 넓고 화려한 잎을 뽐내던 철없는 것들이
찬바람을 맞고서야 단풍이라고 탈색된 살점들을
다 떨어뜨리고 매서운 겨울을 잠으로 버티거나
봄볕이 들쯤 깨어나면 누군가는,
원래 제 색깔이 어땠는지 일러줘야 할 것 아닌가

추워도 끝끝내 잠들면 안 된다고
윤기 잃고 푸석해진 가시 같은 살점들을 겨우내 다 도려내도
새로운 가시를 칼날처럼 날을 세우고

찌르고 찔러도 철없는 것들 깨어날 때를 걱정하다
겨울을 나고 봄이 오면 가지 마디 두어 개는
굽은 등을 펼치고

생채기 같은 슬픈 옹이 한 문장,
바람이 불 때마다
겨울 추위만한 옹이의 파문波文으로
심장을 찔러댈 것이 아닌가.

시 한 줄 나오지 않는 밤

연한 바람조차 화석이 된
열기로 가득한 여름밤
늘어진 구름사이에서
졸고 있던 별이 몸을 뒤척인다

창밖에서 풀잎 서걱이는
얇은 소리 한 줌에
슬그머니 감는 눈빛
포장마차의 간드레 불빛으로
밤을 흔들며 간다

시 한 줄 나오지 않는 밤
창가에 맺힌 성에에서
새 울음소리가 들린다.

김정웅 | 2019년 『애지』로 등단 | 이메일 dentblind07@hanmail.net

4부

김연종, 조재형, 임덕기

하주자, 유안나, 김지요

임현준, 백소연, 신혜진

최명률, 전민호, 박언숙

파놉티콘 외 1편

김 연 종

1
열 살 남짓 아이들이
강아지풀을 입에 물고 있다

도란도란 책상에 앉아 나란히 눈을 감았다

교실 벽에 낙서한 강아지풀은 연필심처럼 자라난다고
갓 부임한 선생님이 잔뜩 겁을 심어 주었다

한바탕 회오리바람에

강아지풀들은 부들부들 몸을 떨었다
두 명은 입에 넣기 전에 강아지풀 줄기를 잘랐다
한 아이는 기어이 강아지풀을 입에서 빼지 못했다

세 명의 아이들이
담벼락의 낙서를 모두 지우고 나서야 집으로 돌아갔다

2
지문채취가 불가능한 사람들이
세숫대야에 오랫동안 손을 담갔다

>
사라진 죄들이
소용돌이 치며 하나씩 모습을 드러냈다

지은 죄가 또다시 닮아질까 서둘러 지문을 찍었다

귀가 훤히 드러난 증명사진을 찍고 나서야
머그샷의 주민등록증은 완성되었다

감옥 같은 일생이 감쪽같이 지나간다

그들은 미래의 죄를 미리 고백하고
아무도 욕하지 않으며 가만가만 늙어간다

3
아파트를 탈출한 남자가
주위를 두리번거린다

임금체불로 사라진 수위 대신
현관의 감시카메라가 문안 인사를 한다

시동을 켜자마자
사이드미러가 쥐고 있는 손바닥을 편다

>

내비게이션이 길을 안내하고
블랙박스가 현장을 생중계 한다

거리에서
지하 통로에서
빽빽한 스케줄의 사무실에서

아이돌 같은 하루를 보내다가
수 천 번의 영상에 찍혀 조금씩 죽어간다

B주류

306 보충대가 있던 시절이었다 화요일에 비가 온다는 갑작스런 예보였다 당황한 주민들이 한꺼번에 몰려들었다 장대 같은 비가 쏟아지면 우리 동네는 마비가 된다며 걸음을 재촉했다 빨간 옷을 입은 사내가 비광처럼 입소할 거란 소문이 돌았다 노인정 화투판이 발칵 뒤집혔다 연예가중계를 본 가게들도 모두 셔터를 올렸다 강타가 올 때도 세븐이 다녀갈 때도 마찬가지였다 결국 비는 내리지 않았고 김태희도 오지 않았다 이제 306도 문을 닫았고 보충대 앞 주공아파트도 철거 예정이다 월드 가수 비가 들렀다는 식당도 문을 닫았다 운 좋게 살아남은 빌라는 오늘도 비가 오기만 기다리고 있다

메인 화면은 보지 않고 자막뉴스만 본다 텅 빈 주행선을 두고 비스듬한 갓길로만 달린다 발레보다 B보이를 좋아하는 편이다 B급 정서를 터부시하면서도 강남스타일에 대한 자부심으로 가득 차있다 막장 드라마를 통해 유행어를 배우지만 조신 모드로 글을 다듬는다 입질이 없으면 막고품으라는 식의 저렴한 미끼로 문장의 아가미를 낚는다 시상식이나 만찬장에서 주류는 마이크 볼륨을 높이고 비주류는 귓속 볼륨을 높인다 비타민처럼 아낌없이 뒷담화를 퍼붓는다 터무니없는 비난에도 개의치 않는다 자체 발광인 주류가 덕담을 한다 운 좋게 살아남은 B주류가 건배를

자청한다

Beautiful Night

&

Begin Again

김연종 | 2004년 『문학과 경계』로 등단 | 시집 『극락강역』, 『히스테리증 히포크라테스』, 『청진기 가라사대』 | 산문집 『닥터K를 위한 변주』 | 제3회 의사문학상 수상, 2018년 아르코문학창작기금 수혜 | 현재 의정부시 김연종 내과의원 원장

할머니의 컬러프린터 외 1편

조 재 형

외갓집 뒤곁에 손바닥만 한 텃밭
할머니가 사용하는 프린터
할아버지 유품인데 철따라 식물도감을 펴낸다

오래된 중고인데 멀쩡하다
호미와 괭이가 수리를 도맡는데
부지런한 틈바구니에서 쉴 틈이 없다

이런 텃밭을 고장나게 하다니
잡초는 나쁜 녀석들이다
호미에게 야단을 맞아도 그때뿐
뽑아내도 뽑아내도
돌아서면 들이대는 골칫덩이다

때때로 갈아 끼우던 잉크는
할머니의 땀방울이다
직장에서 쫓겨난 막내 삼촌 걱정으로
남몰래 훌쩍이던 눈물이 보조 잉크다

함박눈 펑펑 내리는 한겨울이면
텃밭은 시동을 꺼놓는다
눈사람을 마당에 세워두고

옛날이야기를 점검하기 위해서다

그런 텃밭이 요사이 시무룩하다
요양원으로 뽑혀간 할머니 때문이다
과일이랑 채소를 더 이상 찍어낼 수 없다

봇짐을 정리해 오려고 주말에 들렀거든
그런데 글쎄
작동을 멈춘 텃밭에서
철모르는 잡초들만 신바람이 났더라

원시인

장례식장에서 만난 당신들의 엉덩이는
주물러도 되는 사물로 알았습니다
그러나
피 한 방울 섞이지 않은 당신들이
삼 대의 집안 제사를 모셔온 줄은 몰랐습니다

당신들의 저녁은
여관방으로 불러내 안마를 시켜도 되는 유흥도구로 알았습니다
그러나
갑골문의 女가
무릎 꿇고 앉아 손을 얹고 있는 당신들의 형상인 줄은 몰랐습니다

당신들의 입술은 옥상에서 훔쳐도 되고,
당신들의 가슴은 손으로 훔쳐도 되는 장물로 알았습니다
그러나
아우를 낳아준 날은 아랫목에 뉘여 비단을 입히는데
누이를 낳아준 날은 윗목에 뉘여 포대기로 싸놓는 산실에서
당신들이 흘린 눈물은 몰랐습니다

>

당신들은 친밀하게 대하면 방자하고
거리를 두면 적의를 품는 족속으로 알았습니다
그러나
남자는 하늘이라 여자가 달아날 수 없고
남자를 어기면 하늘이 벌을 내리는 세상에서
당신들의 엄마가 살아온 줄은 몰랐습니다

남자의 부모를 잘 모시고 사내아이를 안겨주는 것이
당신들의 길인 줄로 알았습니다
그러나
누구의 엄마, 누구의 아내, 누구의 며느리로 불리는 관습 속에
당신들의 이름이 묻혀 백골이 된 줄은 몰랐습니다

조재형 | 2011년 『시문학』으로 등단 | 시집 『지문을 수배하다』 | 이메일 yosepj@hanmail.net

사상누각砂上樓閣 외 1편

임 덕 기

지진해일을 앞세워
몰디브 해안에 무작정 밀어닥친 바다
뱃전의 불빛을 신호로
날치떼처럼 몰려들었다

눈깜짝할 사이에 뭍을 점령하고
소리 지를 틈도 없이 해안을 빼앗고
물가에 있던 수많은 사람들
순식간에 인질로 붙잡혔다

갑자기 쳐들어온 바다
어설픈 지질학자의 위태로운 증언을 토대로
악취나는 말이 물위에 떠다녔다

처참했던 그때 광경은 사라지고
따가운 햇살 속에 소리없이 찾아든 망각
불법으로 점령한 기억은 모래 속에 파묻고
바다는 누워 하늘과 구름을 바라본다

해변에 서 있는 리조트
잠시 생존의 뿌리를 모래밭에 심었지만
언제 쓰나미가 몰려와
언제 다시 무너질지 모르는 사상누각이다

산수국山水菊

생존코드를 맞추기 위해
가짜꽃을 덧붙였어요
민낯은 사실 볼품 없거든요

가까이 보면 진짜꽃을 위해
외곽에서 가짜꽃잎이 몸을 잇대고 있어요
눈속임을 위해서랍니다
곤충들도 크고 화려한 꽃을 좋아하지요

허세를 부립니다
생존수단으로 부풀렸어요
본심을 모두 드러내놓고 살기에는
세상이 너무 거칠고 척박하지요

얼른 보면 가짜꽃이 더 진짜같아요
작고 초라한 모습이
이제 크고 화려한 모습으로 확장되었어요

수시로 변하는 낯빛을 보고
누군가 마음의 갈피를 잡지 못하는
변덕스런 꽃이라고 비난을 해요
살아남기 위해서는 어쩔 수 없지요

>

우야든지* 살아남아야 된데이
마음의 목소리를 잊지 않고 있어요

* 어떻게 해서라도, 반드시(포항지방 사투리).

임덕기 | 이화여대 국문과 졸업 | 2014년 『애지』로 등단 | 시집 『꼰드랍다』 | 국제PEN 여성작가 위원회, 한국문인협회, 한국여성문인회 회원, 이대동창문인회 이사 | 이메일 limdk207@han-mail.net

붉은 꽃 기별 외 1편

하 주 자

연못가를 서성이며
청년이 수화기 너머로
꽃소식을 전하는 중이다

아-즈근 덜 피어서-셔-
삼--부-느 일-팍에 안 피어-어-슨게
다-다-음주에 오-믄--되-야

이리저리 몸을 트는 배롱나무 한 그루
몸과 손을 뒤틀어 전하는
끊길 듯 이어져
말과 음절 사이
매미 울음처럼 번지는

정인의 마음에
달뜬 파장을 일으켜
새벽길을 달려오게 할

느리게
붉어지고 있는 기별

알알이 박힌다는 것은

울울창창 유월은
날마다 손가락 한 마디쯤이 자라
알솎이 할 틈이 없지

그대로 너를 묶는다

모시수건을 든 아이는 오지 않고
헤진 손수건으로도 도무지 닦이지 않는
격자무늬로 단단해진 너의 등
땡볕이 칠월을 새겨 넣는다

검붉게 박히거나
잘 삭아 발효되거나
뭉그러진 흔적이 되어도

기웃거리는 까치 부리질은
봉지 밖의 일

바람 속 듣는 빗줄기는
일야구도하*의 저녁 물소리 같은 것이어서
한 시절이 묶이는 어둠이다

>

알알이 네가 박힌다는 것은

* 일야구도하 : 연암 박지원『열하일기』중 하룻밤에 아홉 번 강을 건넌 이야기.

하주자 | 2013년『애지』로 등단 | 이메일 narchis2@naver.com

목련 외 1편

유 안 나

딱 벼락 맞은 나무맹키로
넘어져 버렸어야

반쪽을 못 쓰는 어머니는
침을 흘리며
겨우 알아들을 수 있는 반쪽 말을 했다

밖에는
비가 오고 있었다

통역자를 기다리는 이방인처럼 목련꽃에
물방울이 머물다 떨어지곤 했다

어무이 갑갑해서 어쩌까이 하자
느그 고생 오래 시키면 어쩐디야 하시는
어머니의 눈빛은 어딘가로
한없이 가고 있었다

축축한 구름이 서로 맞부딪치며 죽음 뒤의 삶을 붓질하고 있었다

다시 봄이다

>

봄의 언어를 어눌하게 구사하며
목련은 피고 지고

빗속에
어머니 다녀가셨나보다
옥양목 치마 벗어놓고
가지에 버선 한쪽 걸어놓으셨다

뼛속보다 더 깊은 데서
울다 스며든 잠처럼 비 그친 서녘 하늘 눈시울 붉다

달빛 정류장

벚꽃도 지고 달빛 차오르는 어스름에

된장찌개를 끓인다
멸치 몇 마리가 고개를 불쑥 내밀었다 가라앉으며
오래 잊었던 친절한 인사를 건넨다

잠시 들렀다가 이내 떠나야 하는 자식인 양
사랑하지 않아도 어깨를 껴안고 있는 침묵의 예의인 양

우리는 늘 무언가 껴안고 있어야 사는 보람이 있다고 느낀다
껴안고 있던 것들이 다 빠져나가 버리면
그 너른 공백의 해저에 남아 있는 발자국들
물길도 쓸어가지 못한 발자국 하나하나 눈동자에 담아놓고

된장찌개 끓인다

내 삶을 변함없이 지켜봐 온 것이 있다면
저 쿰쿰한 된장이다
새로운 맛이 있으면 구석으로 처박아놓고 거들떠보지도 않다가
잊혀진 이름을 부르듯 돌아보면,

배고파! 하면 무얼 하다가도 얼른 밥 챙겨주는 엄마처럼
구수한 냄새 풍기며 정겹게 다가온다

몇 점의 고기라도 넣어주면
제 있는 속 다 우려내주는 된장찌개

홧김에 된장독을 쥐어박기도 했지만
움푹 패일 줄 알았는데
두부와 감자와 호박도 맛보라며 수수한 얼굴로 건너다본다
패이었다가도 어느새 채워주는 보름달이다

헛헛한 마음으로 비인 곳을 둘러볼 때
객지로 떠돌다가 찾아가면 아랫목 내어주는 본처처럼
속 깊은 냄새 숟가락 위에 올라놓는다
허전한 가슴 어루만져주는 된장찌개와 마주 앉아 저녁을 먹는다
달빛이 슬그머니 옆으로 와서 앉는다

가지 마, 달빛

유안나 | 2012년 『애지』로 등단 | 중앙대 예술대학원 문예창작 전문가과정 수료 | 경희 싸이버대학원 미디어문창과 재학 | 2014년 서울문화재단 창작기금 수혜 | 시집 『당신의 루우움』 | 이메일 annaryoo@naver.com

수박을 고르는 법 외 1편

김 지 요

노크하듯 두드려보세요
어르신이 안에 계신가 집중하는 자세로
허릴 기울여 맑은 기침을 기다려요

속이 빨간 수박은 줄무늬가 아주 검다네요
검을수록 붉다니 낯선 은유지요

수박의 배꼽을 보라고도 해요
사람들 참, 줄무늬 밖에 걸치지 않은 몸을
이리저리 들춰가며 배꼽을 빤히
들여다보는 건 예의가 아니라고 봐요
한때 수박을 팔아 남매를 건사했다는
울 어머니에겐 사뭇 경건한 물건인데

고전적인 통찰법 하나 알려 드릴까요
비스듬히 역삼각 모양으로
속살을 도려내 보는 거예요

좀 잔인하다구요?

잔인하긴 해요
익지 않은 걸 확인해도

웬만한 배짱으론 무를 수 없죠
비슷한 레벨의 명사로는
결혼, 부모, 긁어버린 로또 등이 있어요

공처럼 뻥 차버릴 수 없어서,
그 속이 늘 궁금해요

개가 걸어온다 도서관으로

찾는 책이라도 있는 듯이, 갸웃거리며
코를 벌름 싱싱한 신간을 찾으려나

접혀진 귀를 펼쳐주고 대신 쫑긋거리며
게걸스럽게 읽어내리네

'언어'를 향해 '사회과학'을 돌아 '철학'골목에서
꼬리를 한들거리며 나타나네

어슬렁 산책을 즐기며
읽은 책에 오줌을 누고
무슨 소용이야, 거만한 책 따위
맛난 책을 좀 달라고, 왈왈

짖어대는 개를
진정시키려 연신 하품을 해보네

개는 사라졌네
재미없는 책에 엎드려 잠깐 조는 사이

사람들이 벌름 책을 읽네
바싹 마른 혀로 페이지를 넘기네

뼈다귀를 오래 가지고 노는 개처럼.

* 동화 (책먹는 여우)를 패러디 함.

김지요 | 2008년 계간『애지』로 등단 | 2018년 애지 작품상 | 시집『붉은 꽈리의 방』

가을 끝물에 봄비가 나리네 외 1편

임 현 준

등 푸른 아버지가 오시던 그 어슴푸레한 저녁을 새벽인 줄 아시고 내리네

한참을 푸르스름 깔리다가 푸르뎅뎅 부어서 어둑이 가만가만 컴컴이 되네

지난여름의 벼랑 끝에 개나리가 담벼락인 줄 아시고 노랑 십자가를 떨구네

노랗게 노랗게 얻어맞다가 누렇게 달뜬 달

잔뿌리같이 얽힌 골목이 허공에 내이던 낙엽을 데리고 가는지 오는지 모퉁이로 섰네

길 잃은 점집이 투항인지 저항인지 서낭기를 포도시 흔드네

돌아오지 않는 건 돌아오고 싶지 않다는 것을 살갗에 오톨도톨한 바람이 돋아야 끄덕이네

생의 철골 같은 빈 나뭇가지에 움트는 건지 끝내 지는 건지 빗방울이 가물가물하시네

다리 1

잠든 다리가 물풍선 같은 배에 걸쳐진다
나는 이로써 강이 된다

다리는 풍선처럼 부푼 만경평야를 묶는다
산과 산의 샅을 잡아당겨 골과 골을 파먹는 마을을 잇는다
사람을 쓸어 담는 바람과 구름과 별의 무늬를
강가 저편에서 강가 이편으로 건너가게 한다
산등성이의 손가락이 닿는 바다의 창발과
바람에 젖은 흰배갈매기들의 둥둥 뜬 섬을
양쪽에서 쭈욱 잡아당겨 이쪽 주둥이와 저쪽 주둥이를 묶어놓는다

줄줄이 묶인 사람들을
끌어당긴다 모아들인다 잇는다 잡는다 멈춰선다 마주 본다 건넌다

다리 한가운데서 물의 안쪽을 응시하는 것은
강의 목을 매단 허리띠 같은 다리 때문이다
수직의 길을 간 사람의 남겨진 신발이 바람 빠진 구멍으로 나란히 놓인 것은
매듭 하나가 억지로 풀린 까닭이다
그제야 돌아오지 않을 소식이 건너온다

>

그러니 다리에서는 바람도 강물도 생도 갈라진다
가랑이를 벌리고 쩌억 갈라진다
다리에 서면 찢어진 바람에 살이 트고
강가의 잡풀이 퍼렇게 쪼개진다
고목枯木은 강가에 와서야 누워서 횡사하고
길은 자꾸자꾸 돋아나 삼십삼천 뻗어간다
마을과 마을의 골이 깊어지고 산과 산의 샅이 거멓게 짙어지면
바람뿐인 사람을 돌려보낸다
다리를 건넘으로써 비로소 강가가 강가로 드러난다

어느 다리 밑에서 갈비뼈를 드러내고 죽음을 뜯어먹는 짐승의 안광처럼
멀뚱한 새벽 다리가 나를 건너간다
터진 풍선처럼 매듭만 남은 꿈이 건너간다

임현준 | 전남 벌교 출생 | 단국대학교 대학원 문예창작학과 박사 수료 | 2018년『애지』로 등단 | 이메일 hyunjoon80@naver.com

공중 속 잠언 외 1편

백 소 연

누군가의 주머니가 팽창하는 목소리 들었다
네모 반듯하게 찔러넣은 손가락들이
일곱천사 모여 공중나른다는 지하방 창문을 가리킨다
그때마다 주머니 속 그림자와
그 그림자의 반지름 사이로
찢어지고 터진 상처 한꺼번에 우루루
쏟아져 나왔다

천사도 없이 바람 부는 날은 너도 먼지가 되어야 해
혹간, 소낙비 피할 처마 밑이 둥지가 될 수도 있지

그림자는 시끄러운 것은 모두 황사라고 이름지었다
때로 소낙비로 불리기도 했으나 아픈 빈주머니를 채울만한
주사도 일용할 양식도 봉투도
입 마개도 사라져버린 약국과 우체국과 농협을
나와 이웃은 일찍 눈치챘다
그것이 바벨탑 같은
허세와 혈기와 피 묻은 이빨들 전쟁과 사랑
매일 밤 종려나무 가지를 든 동방박사 별자리에 대해
덥썩 안겨주진 않는다는 사실까지

폭풍의 언덕 지나가면 빼앗긴 봄도 찾을 수 있을까?

>

피가 많이 묻을수록 지하에서 지상으로
14만 4천명이 영생의 탑을 얻을 수 있다고
왕관을 손에 쥔 재앙 속
14만 4천명이 14만 4천명을 설득한다
14만 4천명이 14만 4천명을 끌어 안고 다시 또
14만 4천명이 14만 4천명을 찾아나선 것인데
14만 4천명의 14만 4천명에 의한 14만 4천명만을 위한
14만 4천명의 십자가는 다 어디로 갔을까
납작한 생각 쪼개고 쪼개어
썼다가 지워버리는 모래성을 완공해야 비로소
산을 옮길 수 있는 생의 요단강을 건넌다는
떠돌이 행성, 그들이 몰려온다

진동, 빼앗긴 봄

그 놈 인기척을 아무도 눈치채지 못했다

거리마다 쌓여가는 두꺼운 벽.
문 닫힌 상가 구석에 쭈그리고 앉아
점점 두더지가 되어간다
삶과 죽음의 비발디
맨 앞줄에 서서 누군가 1분간 손을 씻는다

로드킬 당한 고라니의 사체 미처
확인 못하고 횡단한 적 있다
밀려들어온 소나타가 영혼을 훔쳐보았는지 어쨌는지
그러거나말거나 가로세로 길은 줄행랑쳤다

사색된 뉴스는 매일 단단한 벽이나 ( )에 대해
정수리부터 발끝까지 생사 연대기 편집, 기록 중이다
가래침 속에서 자가조치 당한 미래
그 놈이 숨어 울려대는 괘종시계 속 상처는 누구의 몫인가
흔들, 흔들, 흔들거린다

칭칭 동여맨 상처들 지나가고 지나가고 지나간다

둥근 시간은 끊어졌다 이어지고 흩어졌다 모인다

매일 허들을 넘는 거대한 주검의 그림자
나는 밖에 머물고 배수구로 흘러들어간 줄 알았던
그 놈은 몰래카메라로 잠복해 있다
아무도 망대가 되어주지 않는 바깥 窓일수록
그 놈 고개는 아직 직각인 채 단단하고 빳빳하다
도무지 이정표없는 방명록만 쌓인 거리의 거리

텅 빈 것들의 아우성

발자국보다 먼저 들이닥친 눈치 빠른 놈이
또 다른 벽을 넘는다
구급차 울고 불온한 현황게시판 자막 올라간다

백소연 | 시집『바다를 낚는 여자』,『페달링의 원리』|「궁안의 연꽃 –숙빈최씨」시나리오 창작, 공연 | 문인화, 시서화「천년의 향」개인 전시 및 회원전 다수 | 하랑詩문학회 & 가온들찬빛 시극단 회장 | 종합예술인으로 활동 중 | 이메일 mousaisy@hanmail.net

객지 외 1편

신 혜 진

화단 공사로 파헤쳐진 아파트 마당에서
새끼 쥐 한 마리 기어나온다
털이 적고 몸이 말갛다
흠칫 멈춘 내 시선을 물고
되똥되똥 달아난다

四方 벽이다
새로 깐 보도블록의 턱은 턱없이 높다
발버둥을 치다가는 미끄러지고
미끄러지고

뛰어넘지 못하면 돌아서 가,
몇 번의 실패가 길을 일러준다

바람이 불 때마다
경비실 창을 기웃거리던 벚나무가
꽃을 낳는다

자리가 불안정한 음식물 수거통이
오늘도 꾸역꾸역 오늘을 풍긴다

보이는 쪽쪽 틀어막았던 쥐구멍들을
저녁 해가 길게 들여다보고 있다

사월

검은색 코커스패니엘을 데리고
길 저편에서 온 남자와 나란히 횡단보도 건넌다
눈이 참 순하게 생겼어요
내 인사말 한 마디에
남자는 지금의 코커스패니엘과
이전에 함께 살았다는 치와와 이야기까지
바쁘게 들려준다

횡단보도 끝 지점 다다르자
서둘러 이야기를 마무리하는 남자

허옇게 묻어난 입가의 침 문지르며
씨익 손을 흔든다
나도 씨익 덩달아 손을 올린다
윗니 두어 개 빠진 입이 합죽 웃는다

한참 걸어가다 슬쩍 뒤돌아보는
저편의 길
절름발이 늙은 남자와
살찐 엉덩이를 실룩이며 걸어가는 그녀
실루엣 뒤로
봄햇살 남실남실 따라가고 있다

신혜진 | 경남 의령 출생 | 중앙대학교 예술대학원 문예창작 전문가과정 재학 | 2020년 『애지』로 등단 | 이메일 ease1106@hanmail.net

밥줄을 놓다 외 1편

최 명 률

막이 내리고 조명이 꺼지면 이제 무대 위에서 내려와야 한다
더 이상 세뇨와 같은 반복된 연기를 지속할 수는 없다
삶은 선택과 결정의 연속이라는데, 오늘 너의 선택은 네 자신에게 주는 뜨거운 선물이 될 것이다
가야할 때를 알고 가는 자의 뒷모습은 언제나 아름답다고 하지 않았더냐
하늘거리며 떨어지는 낙화는 신이 연출한 최고의 꽃비라 했지
허나 법보다 무서운 녀석이 밥이라는데, 밥줄을 놓는다는 것이 어찌 그리 쉬운 결정이었겠느냐
하지만 너에게는 한결같이 믿어주고 여일히 지지해주는 식구가 있지 않느냐
그만하면 세상 무서울 게 하나도 없는 거다
배운 것이 도둑질이라고 너에게는 젖은 글을 훔쳐내는 재주도 있지 않느냐
그만하면 한 세상 다 가진 거다
그러나 무대 밖 세상은 그리 만만치 않을 거다
때로는 달콤한 이념이 너의 신념을 마구 흔들어 댈 것이고, 때로는 속보에서나 볼 일들이 마군들처럼 달려들 것이다
지금 이 순간에도 네 앞에는 갑과 을이 이분법으로 나눠지고, 양극이 벼랑에 서서 수라장으로 떨어지고 있음을 목도하고 있지 않느냐

그렇지만 너에게는 아침이슬을 함께 부른 동기들이 있고, 처진 어깨를 다독여준 깨복쟁이 벗들도 있지 않느냐

그만하면 세상 외롭지 않는 거다

더구나 네 일기 속엔 소월처럼 부르다가 죽을 수많은 임들이 살아있지 않느냐

그만하면 한 세상 살만한 거다

이제 생의 전환점에서 네 준마에 박차를 가하거라

황야의 기수처럼 먼지바람을 일으키며 드넓은 무대로 질주하거라

무엇이 되는 것은 그리 중요치 않다

어떻게 사느냐가 화두이다

이순에 접어들어 자신의 언행을 합리화하는 것은 천박한 변명에 불과할 것이요, 비겁에 물 드는 것은 비루한 천 조각에 지나지 않을 것이다

부디 용기를 내거라, 닳아져도 결코 헤지지 않을 나의 오랜 블루진이여

무릎을 꿇다

해질녘, 강변을 걷다가
떨어질세라 무리지어 날아다니는
하루살이 떼를 만났다
딱히 오라는 곳도 없을 것 같은데
나지막이 이리저리 분주히 날아다니는
군집의 습성을 묘하게 바라보았다
문득 그들의 생애가 궁금해졌다
하루해가 너무 짧지,
호기심 섞인 말투를 건넸다
굵고 짧은 한 마디가
허공 한 바퀴를 휘 돌아왔다
오래 살다보니 별옴둑가지소리 다 듣겠네,
되레 애잔한 말투가 건너왔다
천둥이 뇌리를 강타했다
그렇다
누군가의 눈대중으로 누군가의 옷을
함부로 재단하는 것은 아니었다
순리를 거역해 가면서
더 오래 살려하고
마지막 자존까지 분칠해 가면서
더 높이 오르려는
철없는 삼류들보다는

자신의 삶을 하루같이 여기고
자신의 사랑을 하루같이 아끼는
그 존엄한 광경에

난 그만 무릎을 꿇었다

최명률 | 2006년 『애지』로 등단 | 시집 『바람의 옷깃』

죽비 외 1편

전 민 호

등
을

후
리
는

아
픈

자
유
여

청룡포 소나무

알로카시아 잎이
좋아하는 연잎 같아
실내에 두었다

어느 날 잎들이
창 쪽으로 균형을 잃어
돌려놓았다

밤낮이 바뀌자
그들은 일제히 몸을 비틀어
창을 보는 것이다

단종의 처소를 향해
엎드린 소나무도
너에게 쏠린 육신도

균형을 잃은 게 아니다

전민호 | 2018년 『애지』로 등단 | 시집 『아득하다, 그대 눈썹』 | 이메일 rolmoe6813@naver.com

드라이플라워 외 1편

박 언 숙

영원히 변하지 않겠다는 굳은 약속

바람 앞에 지킬 수 없음을 알게 된 후

마음은 여려 속절없이 허물어지는 여자

온 몸 물에 젖어 날마다 새파랗게 떨던 여자

마침내 마음자리 묶어 거꾸로 매달려진 여자

짓궂은 바람이 쉴 새 없이 흔들어대는 창가

솜털 하나 빠짐없이 꼿꼿이 날 세우는 여자

길고 지루했던 생애 마음은 버리고 몸만 남긴 채

꼬장꼬장한 영혼의 뼈대만 아프게 버티고 있다

질끈 봉인한 은밀한 추억 한결 느슨해지고

수시로 그렁거리던 눈물 흔적 하얗게 지운 오후

>

드디어 저 여자 영생불멸에 드는가 보다

잠시 캄캄하고 부쩍 가벼워졌다

오, 저런

부서지는 기억일랑 그저 바라보기만 하라고

저 허공이 붙들고 있는 등신불 같은

압화

한때는 울보였다고
내 몸 7할이 물이었다고
욕심인 줄 모르고 품은 버거운 꿈

바람의 저항 앞에 좌절한 젊음
세찬 바람 앞을 거칠게 감당해 본 후
싱싱하게 돋은 가시도 접어버렸어

화려한 수식어도 벗어 던지고
부질없는 물욕 다 내려놓고
버리지 못하는 것은 오직 마음이었지

어느 가을 날 오후 3시 쯤
봉인이 만료된 추억의 책갈피에서
툭,
그대 발등 위로 떨어질 수 있을까

시간이 버리지 못한 마음자락
핼쓱한 낯빛 넋을 버린 껍데기
아, 너에게로 가는 길
다 털리고 나서야 꿈을 깬다

박언숙 | 경남 합천 출생 | 2005년『애지』로 등단 | 이메일 sopia625@hanmail.net

지혜사랑 시인선『굴뚝꽃』(최병근 외)은 애지문학회 회원들인 조영심 김정원 권혁재 오현정 정동재 박은주 김혁분 김늘 이현채 김명이 이수 이은희 남상진 김진열 김선옥 강정이 최병근 곽성숙 최혜옥 정해영 박성진 이시경 이영식 김군길 탁경자 정미영 이병연 강우현 조옥엽 현상연 김형식 정가을 조성례 유계자 이국형 강서완 황정산 김정웅 김연종 조재형 임덕기 하주자 유안나 김지요 임현준 백소연 신혜진 최명률 전민호 박언숙 등의 열네 번째 사화집—『나비, 봄을 짜다』, 『날개가 필요하다』, 『아, 공중사리탑』, 『버거 씨의 금연캠페인』, 『떠도는 구두』, 『능소화에 부치다』, 『엇박자의 키스』, 『고고학적인 악수』, 『혁명은 민주주의를 목표로 하는가』, 『유리족의 하루』, 『버려진다는 것』, 『어떤 비행飛行』, 『도레미파, 파, 파』에 이어서—이 된다. 이 50명의 시인들은 서정시를 쓰는 시인도 있고, 자유시를 쓰는 시인도 있다. 정신분석학적인 측면에서 시를 쓰는 시인도 있고, 자연과학적인 측면에서 시를 쓰는 시인도 있다. 낙천적인 시인도 있고, 회의적인 시인도 있다. 저마다 제각각 사상과 취향이 다르지만, 그러나 모두가 다같이 우리 인간들의 행복한 사회를 꿈꾸며, '시인 만세'인 시세계를 열어나간다.

애지문학회편
굴뚝꽃

발　　행 2020년 4월 23일
지 은 이 최병근 외
펴 낸 이 반송림
편집디자인 김지호
펴 낸 곳 도서출판 지혜
계간시전문지 애지
기획위원 반경환 이형권
주　　소 34624 대전광역시 동구 태전로 57, 2층 도서출판 지혜 (삼성동)
전　　화 042-625-1140
팩　　스 042-627-1140
전자우편 ejisarang@hanmail.net
애지카페 cafe.daum.net/ejiliterature

ISBN : 979-11-5728-395-8 03810
값 9,000원

* 이 사업은 대전광역시, (재)대전문화재단에서 사업비 일부를 지원 받았습니다.